COLLECTION FOLIO

Nathalie Kuperman

J'ai renvoyé Marta

Gallimard

Nathalie Kuperman vit et travaille à Paris. *J'ai renvoyé Marta* est son quatrième roman. Elle écrit aussi des romans pour la jeunesse, publiés à L'école des loisirs.

Pour Alain

1

J'ai renvoyé Marta.
Ce qui clochait dans ma vie, c'était la femme de ménage.

La première chose que j'ai dite à Marta, le jour où nous avons fait connaissance, c'est que ma grand-mère portait le même prénom qu'elle, Marta.
Ma grand-mère était allemande, la femme de ménage polonaise, dix euros de l'heure, non déclarée.
Je n'avais encore jamais engagé personne jusqu'à ce jour.
Mon mari a eu l'air surpris quand je lui ai parlé de mon intention de nous faire aider, une femme de ménage, ce n'était pas son genre, et puis nous avions des soucis d'argent, mais il a fini par se laisser convaincre, nous étions fatigués, il l'admettait.
Je me suis empressée d'appeler Marta avant

qu'il ne change d'avis, mon amie Judith m'avait donné ses coordonnées.

Quand Marta a eu franchi le seuil de notre appartement, après que je l'ai informée de son homonymie avec ma grand-mère, je lui ai dit ceci : Mon mari dort, il dort dans la journée parce qu'il se réveille très tôt, vers quatre heures et demie, cinq heures, tous les matins, et je l'ai aussitôt rassurée en lui disant qu'il allait bientôt arriver.
Marta n'a pas fait de commentaire, elle n'était pas inquiète, elle souriait, et je lui ai proposé d'enlever son manteau, ce qu'elle a fait, lentement, en cherchant des yeux où elle pourrait bien le poser, je lui ai indiqué un endroit, Là, sur le fauteuil, ça n'a aucune importance, puis nous nous sommes assises, moi sur une chaise, elle sur le canapé, Si, si, sur le canapé, vous serez mieux.
Je l'ai tout de suite prévenue, Je vous préviens, notre appartement est très grand.
Ma fille, que j'avais mise au lit pour l'arrivée de Marta, s'est manifestée en pleurant.
Je me suis excusée auprès de Marta pour aller la chercher, et j'en ai profité pour demander aux deux fils de mon mari de venir saluer.
Le plus jeune m'a demandé si c'était la femme de ménage qu'on attendait et j'ai mis un doigt sur ma bouche pour lui intimer le silence.

Marta s'est levée et j'ai fait les présentations, Voici Émile, et ce grand-là, c'est Jules.
Les deux garçons ont dit bonjour très vite et sont retournés jouer dans leur chambre, ma fille s'est collée à moi en nichant sa tête dans mon cou.
Elle, c'est Marta, ma fille, lui ai-je annoncé avec triomphe, décidément, nous n'en avions pas fini avec les homonymies.
Je guettais sur le visage de Marta une expression de surprise, mais j'ai été déçue par sa réaction.
Oh, c'est une chose amusante, a-t-elle dit en remettant une mèche de cheveux derrière son oreille, mais la nouvelle ne semblait pas l'étonner plus que ça, son sourire était courtois, elle savait être polie.
Je décidai, malgré son manque d'enthousiasme, de lui fournir une explication : Je l'ai appelée ainsi en souvenir de cette grand-mère que j'aimais beaucoup.
Elle est très mignonne, a dit Marta en approchant sa main du visage de ma fille, mais elle ne l'a pas touchée.
Bon réflexe, me suis-je dit, elle a pris le métro et ne s'est pas lavé les mains, on ne touche pas un bébé quand on vient de l'extérieur sans s'être préalablement lavé les mains.
Maintenant, on était assises aux mêmes places que tout à l'heure et l'on attendait.

Je jouais avec ma fille, qui s'était mise debout sur mes genoux et qui tentait de me faire tourner la tête pour attraper ma pince crabe.
C'est un jeu entre nous, ai-je expliqué à Marta, elle arrache la pince de mes cheveux.
Marta a souri.
Mon mari ne venait toujours pas et je lui en voulais de ne pas être là pour accueillir Marta.
Il allait falloir que je m'engage sur le terrain du ménage et des choses à faire, que j'aborde la question du temps et de l'argent, que je montre l'emplacement des produits.
Que j'insiste sur l'utilité de la ventouse et que je bannisse les produits corrosifs destinés à déboucher les canalisations, il faut y mettre les mains, c'est terrible, mais c'est comme ça.
Vous travaillez donc chez Judith ? lui ai-je demandé pour remettre ces obligations à plus tard.
Oui, a répondu Marta en souriant.
Son petit garçon est très mignon, n'est-ce pas ?
Oh oui, il est très mignon, un peu vif, n'est-ce pas ?
Marta parlait correctement le français avec un fort accent polonais que je trouvais joli, mais est-ce que « vif » était bien le terme qu'elle voulait utiliser pour parler du petit garçon de Judith, n'était-ce pas plutôt « turbulent » ?
Il est très vivant, oui, lui ai-je dit, peut-être un peu trop vivant parfois, non ?
Trop vivant ? m'a demandé Marta avec un air

étonné, puis sans attendre ma réponse qui m'aurait fait revenir sur ce terme de « vivant », qui m'aurait fait m'excuser de dire une chose pareille, et je me serais empressée d'ajouter : Comment peut-on être trop vivant ? c'est formidable, d'être vivant !
Mais Marta a simplement répété : Oui, trop vivant.
Je laissais faire.
J'aime beaucoup Judith, c'est une personne très... mais que pouvais-je me permettre de lui dire de Judith, celle qu'elle devait appeler « patronne » quand elle était avec ses amies... alors je suis restée dans le flou : sympathique.
Oui, a dit Marta, puis elle m'a demandé si Judith et moi, nous nous connaissions depuis longtemps.
J'allais lui répondre lorsque le bruit d'une porte nous a fait tourner la tête à toutes les trois en même temps.
C'est mon mari, ai-je dit à Marta, sur le visage de laquelle j'ai vu passer une ombre.
Elle s'est levée immédiatement et a passé ses mains sur son pantalon avec le geste que l'on fait pour déplisser une robe.
Nous ne disions plus rien, une autre porte s'est ouverte, celle des toilettes, Émile a crié de sa chambre : Papa, la femme de ménage est là ! et mon mari a répondu : Une seconde, j'arrive.
Il vient tout de suite, me suis-je vue obligée de

traduire pour Marta, et je lui ai demandé si elle n'était pas trop pressée.
Non, ça va, a-t-elle répondu.
Nous allons pouvoir visiter l'appartement, lui ai-je encore dit, et je me suis rendu compte qu'il y avait dans ma voix une promesse, j'avais pris le ton d'un agent immobilier prêt à faire l'article.
Mon mari est entré dans la pièce, les cheveux hirsutes et les yeux tout gonflés, il n'avait pas pris la peine de se passer de l'eau sur le visage.
Voici Marta, Marta, voici mon mari.
Et j'ai attendu.
Marta a tendu sa main et mon mari l'a prise, mais il tournait la tête en même temps qu'il lui expliquait pourquoi il tournait la tête : il se réveillait, qu'elle veuille bien l'excuser.
Oui, bien sûr, a dit Marta en souriant.
Marta (ma fille) s'est mise à pleurer.
Ma chérie, je te prépare le dîner dans dix minutes. On montre des choses à Marta et on mange, d'accord, mon petit asticot ?
Je me suis mise à espérer de toutes mes forces que Marta (femme de ménage) ne comprenne pas ce terme, asticot, je ne voulais pas lui ouvrir cette porte-là : les images qui me venaient quand je nommais ma fille.
On va lui montrer ta chambre, d'accord, ma Toupoulette ? (Toupoulette gommait asticot), et

j'ai fait quelques pas vers la chambre de ma fille ; Marta allait me suivre.
Ce n'est peut-être pas le plus urgent, a dit mon mari, qui était en train de se servir un café.
Nous sommes revenues dans la pièce et ma fille, à qui ce mouvement avait fait espérer une situation nouvelle, s'est remise à pleurer, mais moins fort, on pouvait s'entendre.
J'ai souri à Marta pour signifier que mon mari avait raison, qu'elle veuille bien m'excuser d'avoir soudain comme ça voulu précipiter les choses.
Marta a répondu à ce sourire par un sourire, et c'est en souriant toutes les deux que nous nous sommes approchées de mon mari, qui reposait sa tasse de café vide avec le geste d'un homme qui va passer à l'action.
Ma femme vous a un peu expliqué ?
Un peu, oui, a répondu Marta en souriant.
On t'attendait, ai-je ajouté pour faire comprendre à mon mari que les choses n'étaient pas vraiment définies, mais je ne voulais pas lui avouer que rien encore n'avait été dit pour ne pas mettre Marta en difficulté.
Marta venait de mentir, pour me protéger, me suis-je imaginé.
Marta gigotait de plus en plus dans mes bras, disait « papa papa papa », elle commençait à n'en plus pouvoir de ne pas manger.
C'est le moment qu'ont choisi les enfants de mon mari pour débouler dans la pièce en deman-

dant si les crêpes étaient prêtes, car, tous les mardis soir, nous avions coutume de manger des crêpes.
Mon mari a expliqué à ses deux garçons qu'il n'avait pas eu le temps de faire la pâte à crêpes, qu'il la ferait plus tard, que pour le moment on allait faire visiter l'appartement à Marta, et d'ailleurs, pourquoi ne lui montreraient-ils pas leur chambre ?
C'est par ici, a dit Émile sur un ton qui ne laissait pas le temps à Marta de recevoir mon approbation.
Marta est sortie de la pièce, suivie par mon mari, et j'ai ouvert un petit pot tomates-poulet-riz que j'ai fait chauffer au micro-ondes tandis que Marta hurlait dans mes oreilles.
Ma chérie, ai-je expliqué à ma fille pour la faire patienter, nous montrerons ta chambre à Marta plus tard... tiens, c'est quoi, ça ? tu as entendu ? qu'est-ce qui a fait ce bruit-là, ma chérie ?
C'était la sonnerie du four à micro-ondes qui annonçait que le repas était prêt et que nous pouvions enfin dîner.
Nous allons changer la couche ensuite, ai-je ajouté pour expérimenter ce « nous » étonnant qui pourtant concernait exclusivement l'estomac et les fesses de ma fille.
J'installai Marta sur sa chaise haute, lui mis un bavoir, approchai une boîte de kleenex, oubliai Marta (la femme de ménage).

La visite aurait lieu sans moi.
Pour réussir à faire manger Marta, je parcourais tous les pays du monde en apportant par avion chaque cuillerée de tomates-poulet-riz, New York, vroum, Londres, vroum, Paris ! on est arrivés, et là, idéalement, Marta ouvrait la bouche.
Je les entendais rire, puis je n'entendis plus rien, ils devaient être dans notre salle de bains, celle du fond, immense, avec un jacuzzi dont nous ne nous étions jamais servis.
De quoi parlaient-ils ? étaient-ils déjà en train de préciser les tâches ? abordaient-ils la question des produits ? tiens, il ne fallait pas que j'oublie de dire à Marta le plus important : Vous devez toujours faire bien attention à ce que les produits se trouvent hors de portée de Marta.
Il faudrait aussi penser à lui expliquer comment, à l'aide d'une petite clef en plastique, on retirait les cache-prise, et insister sur le fait que, une fois l'aspirateur passé, il ne fallait surtout pas oublier de les remettre.
Mais avant d'en arriver à ces précisions, il faudrait d'abord que nous ayons l'occasion de parler de l'aspirateur.
L'aspirateur est un objet avec lequel je ne parviens pas à me familiariser.
J'aime aspirer, ça oui, j'aime voir la poussière avalée et j'éprouve un réel plaisir à passer sur les plinthes avec le suceur.
Mais sortir l'aspirateur, le porter, tirer le fil,

brancher la prise, enclencher les parties, déplacer les meubles, et recommencer l'opération dans le sens inverse, tout cela me demande un effort immense.

Alors, je me renseigne ; je suis capable de passer des heures chez Darty à discuter avec un vendeur sur les avantages de tel aspirateur, j'insiste sur le fait que je suis intéressée par l'aspect pratique plus que par l'efficacité, la puissance me laisse indifférente, mais si, d'une simple pression du pied, le fil s'enroule sans s'emberlificoter, si, d'un simple geste, le sac s'éjecte sans pour autant que l'on doive s'y casser les ongles, j'achète.

J'ai fait preuve de bonne volonté et mis beaucoup d'argent pour qu'aspirer devienne une activité ludique, en vain.

Je me suis vue ramasser les miettes une à une, à quatre pattes dans le salon, en tirant les rideaux pour éviter d'être observée par les voisins car, à la seule pensée de devoir sortir l'aspirateur, j'étais épuisée d'avance.

Je me méfie de tout ce qui épuise d'avance.

Marta me libérerait de cette fatigue-là.

Les rires des enfants revinrent, mais pas Marta, ni mon mari.

J'ai appelé Jules.

Qu'est-ce qu'ils font ?

Papa montre à Marta les choses.

Quelles choses ?
Je ne sais pas, moi !
Tu veux bien finir de donner à manger à ta petite sœur ? tu fais comme la dernière fois, des petites cuillerées, et quand elle fait mine de ne pas en vouloir... bon, j'ai compris, tu n'as pas envie, tu préfères retourner sur ta playstation ?
Playstation.
Je sais, je prononce mal, je n'ai jamais été très douée en anglais, retourne sur ta playstation — c'est mieux, là ? —, fais ce que tu veux, mon grand, ce n'est pas grave du tout.
Elle a quel âge, Marta ? m'a demandé Émile, qui avait suivi Jules, curieux sans doute de ce que j'avais de si important à dire à son frère.
Je ne sais pas, mon lapin, je dirais... entre vingt-cinq et trente, mais tu es gentil, tu ne lui demandes pas, d'accord ?
Elle est drôlement plus jeune que toi, alors.
Oui, ai-je répondu à Émile en tournant la tête vers l'entrée de la pièce où Marta et mon mari réapparaissaient.
Marta souriait, et elle a voulu savoir si ma fille mangeait bien, ce à quoi je lui ai répondu que oui, à condition que la nourriture vienne de très loin, de Lublin, par exemple.
Son visage s'est éclairé.
Vous connaissez Lublin ?
Non, pas moi directement, mais j'ai une amie dont la famille était originaire de Lublin.

Je suis née à Lublin !
Ça alors !
Je regardais mon mari d'une façon insistante pour qu'il prenne part à cette incroyable affaire de destin, mais lui, sachant que ce n'était pas une amie mais le père de ma mère qui était originaire de Lublin, m'a interrogée des yeux pour connaître la raison de cette semi-vérité, puis il a fini par reconnaître que, oui, c'était un curieux hasard.
Mais on venait de dire tout ce qu'il était possible de dire sur Lublin.
J'avais envie de confier à Marta que mon grand-père était né, lui aussi, à Lublin, un grand-père que je n'avais pas connu, mais quelque chose m'a retenue.
En plus, il n'était pas certain que l'histoire de mon grand-père, qui avait quitté la Pologne très jeune pour aller vivre en Allemagne, intéressât Marta.
Même si c'était le pays où il avait rencontré Marta, ma grand-mère, et c'est tout ce que l'Allemagne lui a concédé.
Je n'allais pas non plus expliquer, sous prétexte qu'elles portaient le même prénom, que ma grand-mère avait dû quitter précipitamment son cher Berlin pour venir en France, tandis que mon grand-père, lui, repartait vers la Pologne au chevet de sa mère malade.
Ni comment il n'en revint pas.

Ni comment Marta, ma grand-mère, à la fin de sa vie, refusa de me recevoir dans sa chambre d'hôpital, à Villejuif ; elle s'était redressée dans son lit avec un sursaut d'énergie en me voyant entrer et m'avait chassée de la main, *raus !* comme si elle venait de reconnaître en moi l'image de la mort.

Vous appartenez à la Gestapo et vous venez la chercher pour l'emmener dans un camp, c'est ce que croit votre grand-mère, m'avait expliqué l'infirmière tandis que j'attendais, tremblante, dans le couloir, mais maintenant, vous pouvez entrer dans sa chambre, elle vous a demandée, elle s'étonne même que vous ne soyez pas encore arrivée, elle vous attend.

C'est très joli, Lublin, a dit Marta en souriant.

Et je la croyais.

Est-ce que vous travaillez avec des gants ? a demandé mon mari.

Marta a désigné un sac, ou plutôt l'emplacement qu'elle venait de choisir pour déposer le sac qu'elle prendrait la prochaine fois, puisque bien sûr, pour un premier contact, elle ne l'avait pas apporté, et elle nous a expliqué qu'elle venait toujours avec ses affaires, un tablier, des chaussons et des gants.

Elle a dit aussi qu'elle attachait ses cheveux pour travailler, en disant cela, elle montrait ma tête avec un sourire, et j'ai compris qu'elle fai-

sait allusion à la pince crabe que Marta, ma fille, essayait toujours de m'arracher.
Nous avions déjà des connivences.
Ma fille refusait maintenant toute nourriture, qu'elle vienne de Tokyo, de Moscou, de Dunkerque ou de Lublin.
Elle veut son biberon, expliquai-je à Marta en me dirigeant vers la paillasse pour prendre la bouteille d'eau d'Évian.
Mon mari a décidé de montrer alors à Marta comment nettoyer cette paillasse faite de tomettes carrées séparées par des raies de mortier-colle.
À le dire en ces termes, elle ne fait pas très envie, notre paillasse, mais elle a ceci de pernicieux que, même sale, elle a l'air propre, et c'est justement contre ce piège que mon mari a voulu mettre en garde Marta.
Il lui a montré comment venir à bout de l'accumulation des éléments gras et sucrés qui se fondaient à merveille dans les interstices.
N'hésitez pas à frotter, mais ne frottez pas trop fort, le joint ne doit pas venir avec, vous comprenez ? a-t-il ajouté pour répondre au froncement de sourcils de Marta.
C'est un peu compliqué, non ? on vous demande d'y mettre de la force et de la douceur, mais comme vous l'explique mon mari, cet aspect des choses est essentiel.
Je sais faire ça, a simplement conclu Marta.

Oh, pendant que j'y pense, je voudrais vous parler de quelque chose qui me tient à cœur, je sais, cela va peut-être vous paraître un peu... exagéré ? mais, comme vous pouvez le constater, nous avons accroché trois petits égouttoirs qui contiennent chacun une éponge, et chaque éponge a une fonction bien précise (je les ai d'ailleurs choisies de couleurs différentes pour qu'on ne puisse pas les confondre), et je voudrais vous expliquer comment ces éponges-là fonctionnent.
Mon mari m'a regardée avec impatience en me demandant si je ne pouvais pas remettre à plus tard la question des éponges.
Puis il a entraîné Marta dans son bureau et je l'ai entendu lui annoncer tout ce qu'il y avait à faire dans cette pièce, et vraiment, je n'avais pas imaginé qu'il demanderait tant de choses, la poussière sur le bord des étagères toutes les semaines, et la tranche des livres, disons une fois par mois.
Mon mari en profitait, ça faisait plaisir à voir.
Sur mon bureau, a-t-il précisé, on ne touche pas, rien, pas un papier, pas un stylo.
Et votre ordinateur, je fais la poussière ? a demandé Marta.
Rien, surtout pas l'ordinateur, surtout pas, rien du tout, a répondu mon mari comme s'il voyait déjà tous ses fichiers disparaître sous un coup de chiffon de Marta.

Les bureaux, on n'y touche pas. Jamais.
Moi, c'est encore plus simple, ai-je dit à Marta en agitant le biberon pour que le lait en poudre se mélange bien à l'eau, mon bureau, vous n'êtes pas du tout obligée d'y entrer.
Même pas l'aspirateur ? a demandé Marta.
Oh, si, je ne suis pas contre quand vous avez le temps, si vous voulez.
Mon mari m'a regardée en haussant les épaules, puis il a dit que, justement, il fallait déterminer le temps que Marta passerait ici.
Émile a fait irruption à ce moment-là pour demander à son père s'il pouvait se servir un verre de Coca.
J'ai proposé un Coca à Marta, ou un jus d'orange, comme elle voulait, mais elle a refusé, peut-être un verre d'eau, oui, juste un verre d'eau.
Je lui ai servi de l'eau d'Évian, détail qui n'a pas échappé à Émile, à qui j'explique régulièrement, quand il veut prendre de l'Évian, que l'eau du robinet est très bonne ; ce n'est pas lui qui porte les bouteilles, c'est très lourd, l'Évian, c'est pour les bébés, c'est comme ça.
Émile m'a interrogée du regard et j'ai répondu par un clignement d'yeux qui signifiait : Je t'expliquerai plus tard ; je lui ai su gré de ne pas insister.
Mais en entrant à son tour dans la pièce, Jules a dit : Hé, elle boit de l'eau d'Évian, elle !

Marta s'est sentie gênée avec son verre, tout le monde la regardait.
Mais toi aussi, mon chéri, tu peux boire de l'eau d'Évian, a dit mon mari à son fils.
J'ai vu en une seconde tous mes efforts pendant de longues semaines réduits à néant.
Marta a avalé d'un trait la dernière gorgée et a rincé son verre.
Non, laissez.
Ce qui est important, Marta, me suis-je lancée, c'est de ne pas oublier de remettre les produits d'entretien à leur place, je veux dire, ne jamais laisser traîner des produits dangereux pour Marta, c'est un âge un peu difficile où toute chose représente un danger, vous comprenez ?
Bien sûr, je comprends, je ferai très attention, a dit Marta en regardant ma fille, quel âge a-t-elle ?
Quatorze mois et onze jours. C'est idiot de compter les jours comme ça, ai-je tout de suite ajouté, mais je m'arrêterai de compter les jours quand elle sera plus grande.
Non, c'est normal, a dit Marta en souriant, ça passe tellement vite, je crois, quand on est bébé, heu... quand on a un bébé, et elle a ri de son erreur.
J'ai installé Marta sur mes genoux pour lui donner le biberon.

Je crois qu'on a fait le tour de la maison, a dit mon mari, et il s'est assis.

Émile a proposé à Jules de faire une partie de Kim et ils sont partis dans leur chambre en courant et en poussant de petits cris, emportant un paquet de palets bretons pour tenir jusqu'aux crêpes.

Et les petits garçons, ils ont quel âge ? a demandé Marta.

Émile a huit ans, Jules, onze ans, a répondu mon mari.

J'aurais aimé savoir quelles étaient les tâches que Marta était censée accomplir dans notre maison, mais je n'ai pas osé demander.

Est-ce qu'elle s'occuperait du linge ?

Nous avions pensé vous demander de venir trois heures, a dit mon mari. Est-ce que ça vous semble bien ?

Asseyez-vous, Marta, ai-je interrompu, pensant que l'on devait convenir des modalités en position assise.

L'appartement est grand, s'est contentée de répondre Marta en se laissant tomber sur le canapé.

Quant à l'argent (c'était à moi de prendre le relais), Judith nous a parlé de neuf euros...

Marta a semblé gênée, elle nous a expliqué que, justement, elle comptait en parler à Judith, que, maintenant, elle prenait dix euros.

Dix euros ?

J'ai estimé qu'il fallait marquer un étonnement ennuyé, mais cela me soulageait de devoir payer plus, et une somme ronde.
Écoutez, Marta, lui ai-je dit, si ça doit être dix euros, ce sera dix euros, moi, du moment que le travail est bien fait...
Je préfère payer dix euros et que le travail soit bien fait ; une logique de rentabilité imaginaire me porte à croire que, dix euros étant supérieurs à neuf euros, le travail sera mieux fait.
Quand je perds quelque chose, je rentabilise la perte en me convainquant que ce que j'ai perdu m'apporte une réflexion, une liberté, un soulagement, en résumé : un gain considérable.
Même la broche d'Isabelle, le seul bijou qu'elle m'ait légué, le seul qu'elle possédait, un jonc fait de trois sortes d'or, dans le métro, un soir, le système de fermeture n'était pas fiable, je le savais, j'ai voulu quand même la porter, je l'ai perdue.
Je n'ai rien gardé d'Isabelle, et la broche, comme le reste, m'a lâchée, sa griffe sur moi, je n'ai pas pu la supporter, un bijou de valeur, le seul, je l'ai perdu.
Ma liberté, un gain considérable, pensais-je.

J'ai parlé avec des copines qui font des ménages, a dit Marta, et quand je leur ai dit que je prenais neuf euros, elles m'ont toutes dit que

neuf, ce n'était pas assez, alors voilà, je préfère vous le dire, je demande dix euros.
Oui, oui, a dit mon mari, nous sommes d'accord pour dix euros si vous estimez que c'est le prix.
Oui, c'est le prix, a répété Marta en souriant, vous pouvez vous renseigner.
On vous fait confiance, ai-je dit.
D'ailleurs, a poursuivi Marta, je ne l'ai pas encore dit à Judith, je n'ose pas lui en parler, c'est difficile de dire ça.
Ça vous arrange que nous ne vous déclarions pas, a décrété mon mari.
Je n'ai pas compris, a dit Marta, qui souhaitait probablement que cet aspect-là soit formulé sous forme de question.
Vous préférez qu'on vous déclare ? me suis-je aussitôt empressée de lui demander.
Non, non, a dit Marta en chassant tous les problèmes d'un mouvement rapide de la main.
Vous savez, pour Judith, ne vous inquiétez pas, mais il faut le lui dire, oh, je comprends, c'est toujours difficile d'aborder ces questions-là, mais quand on l'a fait, on est content, je veux dire, on est content d'avoir été capable de vaincre ses appréhensions, enfin... sa peur.
Oui, a dit Marta en souriant.
Moi, un jour, j'ai pensé que mon médecin n'était pas très bien et je suis allée en voir un autre.

Mon mari m'a fait comprendre d'un signe discret de la main que je n'avais pas besoin de raconter ma vie.
Mais Marta tendait le visage vers moi pour entendre la suite.
C'était une époque où j'avais une maladie qu'il fallait traiter, enfin soigner, avec des médicaments à prendre régulièrement, c'est-à-dire, tous les jours en fait, une maladie assez grave.
Marta a froncé les sourcils.
Mais ça y est, c'est guéri, l'ai-je tout de suite rassurée.
Mon mari a ouvert le frigidaire pour sortir les ingrédients nécessaires à la pâte à crêpes et je tapotais le dos de Marta en l'inclinant pour lui faire faire son rot.
Mais comme je n'osais pas dire au premier médecin que j'étais allée en voir un second, je continuais à me rendre aux consultations régulières qu'imposait ma maladie et je me laissais prescrire des ordonnances sans prendre les médicaments, du premier, je veux dire, puisque ces médicaments, le deuxième, enfin, l'autre médecin, avait jugé qu'ils n'étaient pas bons pour moi, et l'affaire a duré comme ça au moins deux mois, où j'allais voir les deux, c'était du temps, de l'argent, enfin, vous voyez.
Oh oui, a dit Marta en souriant, je vois.
Non, enfin, je racontais cette histoire pour montrer que c'est toujours mieux de dire les choses

assez rapidement, ça évite bien des complications.

Je crois, oui, mais vous savez, je vais le dire à Judith la prochaine fois que j'irai chez elle.

Judith est une personne très bien, elle comprendra, vous ne devez pas vous faire de souci.

Marta m'a assuré qu'elle était convaincue qu'en effet Judith comprendrait, ma fille ne faisait toujours pas de rot et je tapotais son dos de plus en plus fort tandis que la fourchette battait contre le saladier, on avait eu beau me dire qu'à quatorze mois il ne fallait plus s'acharner, c'était plus fort que moi, cette nécessité du rot de Marta.

Le bruit assourdissant de la fourchette contre le saladier me rendait nerveuse et ce rot qui ne venait pas, et Marta avachie sur notre canapé comme si elle attendait qu'on lui propose un apéritif.

Il faut à présent voir quand vous pouvez venir, a dit mon mari en cessant de battre son saladier, la fourchette en l'air dans sa main.

Le lundi, a répondu Marta, très sûre d'elle.

Ah, non, le lundi, ça ne va pas être possible, c'est le seul jour où je ne vais pas au bureau, donc je suis à la maison... pour travailler, a conclu mon mari.

Marta a semblé ne pas bien comprendre ce qu'il venait de lui expliquer et elle prenait un air bien plus embêté que tout à l'heure, quand elle devait nous annoncer que son tarif s'élevait

à dix euros, enfin, pas plus embêté, différent, et j'ai cru qu'elle allait fondre en larmes.
Il y a peut-être un autre jour qui vous convient ? lui ai-je demandé en souriant, le mercredi par exemple, le matin, à neuf heures, par exemple, de neuf heures à midi, est-ce que cela vous conviendrait ?
Oui, a dit Marta, je vais m'arranger.
Le problème, a dit mon mari, c'est que le mercredi matin il n'y a personne à la maison.
Il faudrait savoir, tu veux peut-être que Marta vienne le vendredi, le jour où moi je suis là, pour lui ouvrir la porte ?
Le vendredi, je ne peux pas, m'a sauvée Marta, je travaille chez Judith le matin, et l'après-midi, je vais à mes cours.
Ah, vous étudiez ?
Oui, le français, dans une école.
Le bruit de fourchette a repris, et j'ai trouvé cela inconvenant de la part de mon mari de ne pas s'intéresser aux études de Marta.
Depuis combien de temps êtes-vous en France ?
Deux ans, à peu près...
Vous parlez bien.
Merci, mais je peux vraiment m'arranger pour le mercredi.
De toute façon, on vous donnera une clef, on avait prévu d'en faire un double, alors peut-être que vous pourriez venir mercredi prochain, pas

demain, mais celui qui suit, je vous attendrai, et là, je vous donnerai la clef.

Une semaine sur deux, vous verrez Émile, il va au conservatoire à dix heures et part de la maison vers neuf heures et demie, a dit mon mari en ajoutant du lait.

Et surtout, il faut fermer la porte à double tour quand vous partirez.

J'avais parlé un peu fort pour couvrir le bruit de la fourchette.

Il y a des gens qui rôdent dans l'immeuble et la voisine du dessus s'est fait cambrioler.

C'est quand même incroyable, un code, un interphone, et ça ne suffit pas ; mais on vit déjà tellement dans un climat de peur, je veux dire que moi qui étais contre tous ces trucs-là...

L'autre jour, un type a sonné à l'interphone, j'ai demandé qui c'était et il venait soi-disant vérifier des compteurs de gaz, mais quand les types du gaz doivent passer, il y a une affichette qui indique leur passage, bref, je n'ai pas ouvert.

Le problème, vous allez voir, c'est que cette porte est horriblement difficile à ouvrir et à fermer.

Ça me fait penser qu'il faut absolument appeler l'expert, cette serrure débloque complètement depuis qu'ils ont refait l'escalier.

Oui, ben ça, tu avais dit que tu t'en occupais.

Je m'occupe déjà de pas mal de choses, et puis l'expert, tu avais dit...

Donc, on part sur le mercredi, ça vous arrange, je crois, a dit mon mari.
Merci.
Marta s'est levée et s'est dirigée vers son manteau.
Attendez, on va tout de suite faire un essai.
Un essai ?
Je vais chercher mes clefs, a dit mon mari en laissant la pâte à crêpes en plan, oui, je voudrais montrer à Marta comment on procède pour tourner la clef dans la serrure.
J'ai posé Marta ma fille par terre et me suis approchée de Marta ; elle a eu un mouvement de recul.
Je vous préviens, ai-je dit, on se fait drôlement mal aux doigts, tenez, regardez, vous voyez ?
Je... je, non, je ne comprends pas très bien, a dit Marta en esquissant un sourire gêné.
J'ai rapproché mon index de son visage et je lui ai montré la bosse au niveau de la deuxième phalange, puis j'ai tendu mon autre index pour qu'elle puisse comparer, un doigt bossu, l'autre non.
Ah, a dit Marta, oui.
Mais ne vous inquiétez pas, ai-je aussitôt ajouté, vous n'aurez à ouvrir et à fermer cette porte que deux fois par semaine, ce n'est pas beaucoup, moi, c'est tous les jours que je fais ça, et même parfois plusieurs fois par jour !
Je comprends, et la mine de Marta a pu me

faire croire qu'elle était réellement affectée par ce qu'elle venait de comprendre.
J'ai trouvé les clefs ! vous venez, Marta ?
Marta et mon mari sont sortis en claquant la porte derrière eux.
Ils sont restés un temps assez long sans que je reconnaisse le bruit d'une clef dans la serrure, j'entendais la voix de mon mari, mais je ne percevais pas distinctement ses paroles, il m'a semblé qu'il parlait doucement à dessein.
Marta disait : Il n'y a pas de problème, j'ai pu distinguer cette seule phrase.
Où ils vont ? a demandé Émile, que le claquement de la porte avait amené aussitôt dans la pièce.
Ils font un essai, pour ouvrir la porte, je veux dire.
Tu crois qu'elle va y arriver ?
Oui, je crois, retourne dans ta chambre.
Je me suis dirigée vers le saladier et j'ai remué la pâte avec hargne, en faisant le plus de bruit possible pour me protéger de ce que je n'entendais pas.
Tout ce qui se passe derrière une porte me met mal à l'aise, depuis toujours, le bruit étouffé des voix provoque en moi une sorte de panique, je laisse la porte de ma fille ouverte la nuit, et la nôtre aussi.
Je me suis retranchée derrière mes éponges, penser à en préciser le fonctionnement à Marta

avant qu'elle ne s'en aille : la rose pour les récipients Tefal et la petite vaisselle, la verte pour les casseroles difficiles à ravoir et le mobilier de cuisine, la bleue pour les endroits plus encrassés, le sol éventuellement.
Ne pas oublier de lui expliquer le cycle des éponges.
J'ai jeté un œil à la verte qui allait bientôt prendre la place de la bleue, la rose, celle de la verte, et une nouvelle bleue pour remplacer la rose, il faudrait alors inscrire sur l'ardoise magique prévue à cet effet les flèches correspondant aux fonctions des différentes éponges, la bleue → vaisselle, la rose → mobilier, la verte → sol, et ainsi de suite.
Je frappai le saladier tellement fort que je ne les entendis pas entrer, et au sourire victorieux de Marta que je surpris en tournant la tête, je compris qu'elle venait d'entrer chez moi sans difficulté.

2

Voilà, j'avais une femme de ménage.
L'idée d'une femme de ménage m'était venue soudainement, brutalement est un terme plus juste, c'était brutal : il manquait quelqu'un d'essentiel dans ma vie.
Marta, ma grand-mère, n'avait jamais eu de femme de ménage, Isabelle, ma mère, n'avait jamais eu de femme de ménage, c'était de famille, pas de femme de ménage.
On évitait les soucis.
La vie facile, ce n'était pas très bien vu dans la famille du côté de ma mère.
Du côté de mon père, je n'en savais rien.
Je me disais : Ça y est, ça y est ! j'ai une femme de ménage ! je gardais cette idée bien au chaud dans ma tête, je n'en parlais à personne.

Comment la trouves-tu ? m'a demandé mon mari dès que Marta a été partie.

Elle a l'air bien, ai-je répondu, en tout cas, elle m'inspire confiance.
Elle a réussi à ouvrir la porte, a dit Émile avec ferveur.
Donc, tu l'aimes bien ? lui ai-je demandé.
Oh oui !
Moi, ce qui me dérange, a enchaîné Jules qui s'invitait à donner son avis comme tout le monde, c'est qu'elle... et il n'a pas terminé sa phrase.
C'est qu'elle quoi, mon chéri ? l'a encouragé mon mari.
Je ne sais plus, j'ai oublié.
Mais c'est important, a insisté mon mari, peut-être as-tu senti quelque chose que nous n'avons pas perçu, fais un effort.
Jules s'est mis à froncer les sourcils, l'air concentré, il devenait une personne très importante dont dépendrait éventuellement une décision ; ce sentiment, il se devait de nous le livrer, grâce à lui, nous éviterions peut-être de nous engager trop rapidement avec cette inconnue.
Ce n'était pas exactement ainsi que je voyais les choses, mais je savais que si Jules émettait un jugement négatif, Marta risquait de perdre sa place.
Je l'ai trouvée... pas franche ! a annoncé Jules en relevant la tête comme s'il venait de résoudre une équation du deuxième degré.
J'ai eu envie de le gifler, pour la première fois depuis que je le connaissais, j'ai eu cette envie-

là, et j'en ai été interdite, je m'interrogeais sur ce qui pouvait à ce point la motiver.
Pourquoi dis-tu ça ? lui ai-je demandé sur un ton très calme.
Elle souriait tout le temps !
Mais c'est normal de sourire, elle voulait peut-être nous montrer qu'elle était aimable, que nous n'avions pas de soucis à nous faire, qu'elle serait la bonne personne pour nous.
Ben oui, peut-être, a dit Jules, j'ai dit ça comme ça.
Moi, j'aime bien son sourire, a dit Émile en me regardant du coin de l'œil, et je lui ai passé la main dans les cheveux pour le remercier de prendre mon parti, mais il a retiré sa tête d'un geste un peu brusque, et c'est vrai, je l'oublie toujours, il déteste qu'on lui caresse les cheveux, de très beaux cheveux épais qui partent dans tous les sens et qu'on a envie de toucher.
Nous ne sommes engagés à rien, a conclu mon mari, et nous avons parlé d'autre chose.
Moi, j'avais refusé de me faire une opinion sur Marta, c'était la moindre des choses, m'étais-je dit, je préférais attendre et juger sur pièces plutôt que me fier à mon instinct, qui m'aurait conduite à ne pas l'embaucher.
Mon instinct n'était pas digne de confiance, je le soupçonnais d'être guidé par des forces qui ne servaient pas toujours mes intérêts.
Et je voulais une femme de ménage.

J'ai attendu Marta toute la semaine, et mercredi fut là.

C'était le premier jour de ma vie où quelqu'un effectuerait à ma place les choses que je détestais faire, et, pourtant, j'avais une haute idée de l'hygiène.

Je n'avais finalement pas eu le temps de lui parler de l'importance que j'accordais à la ventouse, mais, curieusement, déboucher un évier ne faisait pas partie des tâches qui me répugnaient le plus, au contraire, j'éprouvais un étrange plaisir à sentir les matières agglomérées remuer dans le siphon, résister, et puis remonter, aspirées par l'effet ventouse.

Que ferait Marta ? le ménage, certes, mais dit en un mot, cela ne représentait pas grand-chose.

Il fallait que je l'imagine, la femme de ménage, passer l'aspirateur, nettoyer la baignoire, faire briller la robinetterie des lavabos, épousseter les meubles, laver par terre dans la cuisine et, surtout, rendre aux carreaux de la salle de bains un aspect lisse net, beau et neuf, comme si personne jusqu'à ce jour n'avait jamais pris ni bain ni douche, ni les anciens propriétaires, ni mon mari, ni ma fille, ni moi le matin même.

Il faudrait que je la sache dans tel ou tel endroit de la maison, dans telle ou telle position, un genou par terre ou accroupie, par exemple, j'irais jusqu'à imaginer ce qu'elle pourrait penser.

J'étais enjouée.

Ce mercredi matin-là, je me suis levée, intimidée, une présence déjà était installée dans la maison, je me suis engagée dans le couloir précautionneusement, puis j'ai avancé d'un pas plus ferme, que pouvais-je craindre qui ne soit l'œuvre de ma volonté, je dirigeais ma vie, et c'est la tête haute que je me suis dirigée vers la cafetière.
Je voulais être prête avant que Marta ma fille ne se réveille.
Mais elle m'a prise de court et je l'ai entendue au moment où je me précipitais vers la salle de bains après avoir avalé une biscotte et bu un café en vitesse.
Jamais un pleur ou une quelconque manifestation de Marta, y compris dans un moment où la tranquillité et la solitude sont mon plus grand désir, n'est parvenu à me rendre nerveuse ou hostile à son égard, je ne suis pas hostile, je ne suis pas nerveuse, je suis à elle.
J'ai poussé la porte de sa chambre, je l'ai embrassée, changée, chatouillée, je lui ai dit que je la trouvais troupilounnette et je suis allée lui préparer le biberon en me disant que c'était merveilleux, tout ce qui m'arrivait.
Une fille, un mari, deux frères déjà tout faits pour ma fille, un appartement et une femme de ménage.

À cet instant précis, au moment où ma fille appuyée contre moi buvait son biberon avec ses petits bruits, c'est à Marta (femme de ménage) que je pensais, je veux dire que c'était elle qui me faisait prendre conscience que, dans la vie, j'avais tout.
Mon mari était parti travailler, les garçons étaient chez leur mère, selon les règles de la garde alternée, une semaine sur deux, Jules, à cette heure, courait vers son collège, je le voyais, élégant et concentré, très beau, j'avais envie de le lui dire, j'étais aussi presque un peu triste de n'avoir pas à réveiller Émile, qui, s'il avait été là, dormirait encore, pas pour longtemps, je l'aurais réveillé à huit heures et demie, comme chaque mercredi, pour son cours de musique.
J'aimais cette consigne : réveiller Émile.
J'aimais déposer sa petite sœur sur son lit et lui caresser le dos en lui disant doucement : Mon grand, il est l'heure de se lever.
J'étais surprise de la joie qui m'emplissait à cette idée.
Une joie que je n'avais encore pas éprouvée aussi fortement en réveillant Émile, et que je ressentais ce mercredi matin, quand justement je n'aurais pas à le faire.
Je fermais les yeux en espérant que la joie demeure jusqu'au mercredi suivant.
Marta devait arriver à neuf heures, précisément

celle que je me fixe tous les matins pour quitter la maison.

Je me dépêchais, je ne voulais rencontrer Marta sous aucun prétexte.
J'emmenai ma fille avec moi dans la salle de bains et pris une douche.
Marta jouait avec ses gros Lego que j'avais installés dans la pièce pour la distraire pendant que je m'occupais de moi, éviter qu'elle ne se hisse jusqu'au rebord de la baignoire en mouillant les manches de son pull, ou qu'elle ne précipite les shampoings, savons, crèmes pour le corps et autres produits sur mes pieds.
La salle de bains était sale et j'ai éprouvé une sorte de honte.
Je pourrais toujours expliquer à Marta que mon mari et moi avions un peu laissé aller les choses ces jours-ci, que nos métiers respectifs nous prenaient un temps fou y compris le week-end et que les contingences matérielles, faire les courses, préparer le dîner, s'occuper des devoirs et d'un bébé, ne nous permettaient pas de nous consacrer au ménage autant que nous le souhaiterions.
Pour cela, il faudrait que je voie Marta, or, je préférais ne pas la rencontrer.
Et puis, soudain, il m'est apparu que c'était stupide, que je n'allais tout de même pas m'excuser auprès de ma femme de ménage de ne pas

avoir fait le ménage, c'était tout simplement grotesque, j'en riais, jusqu'au moment où je me suis aperçue que j'avais pensé *ma* femme de ménage, et non *la* femme de ménage, ou Marta, tout simplement : Marta.

J'ai pris une éponge et je me suis mise à frotter le fond de la baignoire, noirci par un mélange de calcaire et de crasse.
Marta ma fille, s'étant lassée de vider et de remplir sa boîte de Lego, arrivait dangereusement vers les toilettes dont j'avais oublié de baisser l'abattant, son doudou à la main.
Je n'ai pas réagi assez vite pour empêcher Marta de jeter son doudou dans la cuvette des toilettes, et très fière d'elle, elle prononçait : Doudou !
Je ne suis pas devenue nerveuse, non, je n'ai pas éprouvé d'hostilité.
J'avais encore l'éponge à la main, et puisque je ne pouvais plus rien faire pour sauver Doudou, j'ai continué à frotter.
Marta répétait Doudou Doudou en s'agrippant à la lunette des WC et en se haussant sur la pointe des pieds pour apercevoir son éléphant chéri mouillé et hors de portée.
Je frottais énergiquement, que de crasse, me disais-je.
Marta jetait maintenant ses Lego dans les WC,

tous ses Lego, méthodiquement, sur le nez de Doudou, et je riais avec elle.
Il était huit heures et demie, j'apercevais le réveil dans le reflet du miroir de la salle de bains, un miroir taché d'éclats de dentifrice, on s'approche vraiment trop près de la glace pour se laver les dents.
Ce miroir serait parfait tout à l'heure, je l'avais laissé se salir exprès pour offrir à Marta le même plaisir que j'éprouve, moi, lorsque je passe le chiffon imbibé de produit sur une surface opaque, et si Marta était comme moi, cette partie du travail la satisferait.
Un cadeau, en somme.
Je cessai de frotter, sortis de la baignoire et plongeai la main dans les WC ; Doudou sentait mauvais et gouttait, je dus l'essorer au-dessus de la cuvette et le faire tremper dans du Génie avant de le passer au sèche-cheveux, ils finiraient de le faire sécher à la crèche, les Lego, tant pis, c'est du plastique, ils attendraient.
Je m'habillai ensuite en distrayant Marta qui bien sûr réclamait son doudou, je lui disais, ma chérie, je mets ma culotte, ma chérie, j'enfile mes chaussettes, mon amour, je mets mon teeshirt (et plus je me couvrais, plus ma voix devenait grave), mon ange, je mets mon pantalon, mon chaton, je mets mon pull-over, mon cœur, je mets mes bottes, et...
Le téléphone a sonné.

Je te mangerai tout à l'heure, ai-je dit à Marta qui me regardait avec de grands yeux interrogateurs, et j'ai décroché.
Marta !
Non, c'était une erreur.
Je n'ai plus eu envie de manger ma fille.

On s'est dépêchées comme dans les films qui montrent la vraie vie, j'aime ça, l'idée d'être dans une scène de film, gestes automatiques, paroles à soi-même pour ne rien oublier, j'ai éteint les lumières, j'ai pris mon portable, il fait frais, on va mettre une cagoule, on va retrouver les copains à la crèche ? merde, où j'ai foutu mes tickets restau, ah, les voilà, pas de panique, quand maman est pressée, elle dit des gros mots, ma chérie.
Neuf heures moins cinq, vite, vite, Marta pourrait être en train de pénétrer dans l'immeuble.

C'est une fois dans la rue, après avoir marché quelques mètres, que je me suis rendu compte que Marta n'avait pas la clef et qu'il avait été convenu que je l'attende.
Je l'ai appelée pour la prévenir que j'aurais un peu de retard, elle sortait du métro.
Oui, non, je comprends, ce n'est pas grave, je vous attends devant la maison, m'a-t-elle dit.
J'ai déposé ma fille à la crèche et suis entrée au

bar-tabac d'en face pour prendre un café au comptoir.

Je m'installe toujours à côté de la colonne, m'y appuie certains matins, et ces matins-là, j'attends que le serveur me lance une phrase du type Ah c'est dur de se lever tôt ! pour lui répondre qu'il le faut bien pourtant, j'aime ces échanges où il suffit de se laisser porter par la situation, et je suis heureuse de voir arriver mon café et mon verre d'eau sans que j'aie à les demander, je suis devenue une habituée et j'aime ça.
Mais ç'avait été long d'être une habituée, et je sentais encore parfois l'ombre d'un doute, l'ombre d'une difficulté à être servie avec le naturel et la sympathie que requiert ce statut.
Au début, j'étais presque la seule de tout le comptoir à devoir commander mon café, à devoir insister pour avoir un verre d'eau, la seule à qui le serveur au collier de barbe très finement découpé en carré ne lançait pas une petite parole amicale ou complice, la seule à qui l'on faisait savoir en posant la tasse devant moi que je devais un euro dix.

Il est volumineux, le serveur, j'entends, il a du ventre, une carrure imposante comme on dit, et il porte un gilet de serveur, le même que son collègue, mais sur lui, ça ne fait pas le même effet, on le dirait sorti d'une pièce de boulevard

où il jouerait le rôle d'un serveur, c'est cela, je me rapproche : ce qui m'attire en lui, c'est qu'il est *le* serveur français de tous les cafés de France.
J'allais parfois dans un autre bar où ils étaient plus sympathiques.
Mais c'est dans celui-ci que je voulais être reconnue, j'étais acharnée.
Je me suis appuyée à la colonne pour téléphoner à mon travail, prévenir que je serais en retard, à cause de Marta, ma fille, bien entendu.

Je trouvai mon café un peu amer et me demandai si cette amertume était due à la crasse du percolateur, je le sucrai beaucoup, beaucoup trop, il est devenu imbuvable.
J'hésitai à en commander un autre, que je sucrerais moins et auquel j'ajouterais un peu d'eau, mais le temps qui passait passait aussi pour Marta, son attente avait assez duré, je renonçai à ce deuxième café mais restai malgré moi appuyée à la colonne, dans l'incapacité de bouger, et je pensais à elle, Marta, et à son prénom, Marta.
Ce n'était pas moi qui l'avais décidé, ni voulu ; Judith, en me parlant d'elle la première fois, ne l'avait pas nommée, elle était une jeune femme efficace et de confiance qui avait besoin d'argent pour faire ses études et pour vivre.
Penses-tu qu'il lui reste un peu de temps pour venir chez moi ? avais-je demandé à Judith.

Je ne sais pas, si tu veux, je lui poserai la question.
Ce n'est que quelques jours plus tard que j'appris dans la conversation que la femme de ménage s'appelait Marta et qu'elle était disposée à effectuer quelques heures de ménage supplémentaires.
Judith n'a fait aucun commentaire sur l'homonymie qui unissait la femme de ménage à ma fille.
D'abord, je pensai à ma grand-mère, puis à ma fille, bien sûr, mais longtemps après, je veux dire qu'il me fallut quelques secondes pour les associer, comprendre que cette jeune femme et ma fille se nommaient de la même manière.
Cela peut paraître stupide, mais j'éprouvais une sorte de plaisir à l'idée d'accueillir chez moi une Marta, et même si je vois bien que le terme « accueillir » ne convenait pas, c'est pourtant ce mot qui m'est venu au moment où je prenais conscience que la femme de ménage de Judith, la mienne bientôt, portait le même prénom que ma fille.
Mon mari était plutôt contre, je parle du prénom de notre fille, il avait fallu que je négocie longtemps pour lui faire accepter Marta, le prénom de ma grand-mère morte peu d'années avant la naissance de ma fille.
Lui, il était pour « Émeline ».
C'est Jules qui avait lancé l'idée, un jour où

nous demandions leur avis aux enfants après que nous avions su que j'attendais une fille.
J'ai d'abord dit oui en essayant de me convaincre que ce n'était pas une mauvaise chose de laisser décider ce grand garçon, cette solution ayant pour mérite de ne pas me faire porter une trop lourde responsabilité, Émeline ne pourrait pas un jour se retourner contre moi en m'accusant de lui avoir infligé ce prénom, j'acceptais la proposition de Jules par faiblesse, je me trouvais un peu lâche, mais je préférais la lâcheté à l'abus de pouvoir, et puis Émeline, ce n'était pas vilain.
Mais c'était éteint.
Émeline n'avait pas de couleur, pas de son, pas d'odeur.
Je ne voulais pas d'une Émeline.
Mon mari, pour me convaincre, me fit lire le poème d'un poète dont j'ai oublié le nom, et qui commençait par : Émeline, en ce soir sombre d'absinthe lente...
Les enfants m'expliquèrent que dans leur tête, c'était Émeline et personne d'autre ; c'est alors que j'eus une intuition : ce prénom avait déjà existé pour mon mari et ses enfants.
Je menai l'enquête et ce ne fut pas compliqué d'obtenir ce que je voulais savoir.
Les enfants parlent, c'est ainsi, et Jules m'expliqua tout naturellement que si Émile avait été

une fille, il se serait appelé Émeline, leur maman adorait ce prénom.
D'Émeline, il ne fut plus question.
Mon mari d'abord s'opposa à Marta, il ne voyait pas pourquoi notre fille porterait le prénom de ma grand-mère et non celui de sa grand-mère à lui, qu'il trouvait si joli : Aglaé.
Cette fois, je ne me laissais pas faire, j'avais encore Émeline en travers de la gorge et je considérais que mon mari avait une dette envers moi.
Je finis par négocier en lui offrant de choisir les prénoms qui suivraient sur l'acte de naissance.
À force de discussions, il se laissa convaincre, et c'est ainsi que notre pauvre petite Marta a été affublée d'une ribambelle de prénoms tous plus ridicules les uns que les autres : Aglaé, Amandine, Anémone et Andrée, les femmes de la famille de mon mari, des gagnantes, des A, des femmes à qui pour rien au monde je ne laisserais les clefs de mon appartement.

Je réglai mon café et courus dans la rue pour faire cesser l'attente de Marta.
J'ignorais ce qui, au lieu de me précipiter chez moi en sortant de la crèche pour aller lui ouvrir la porte, m'avait fait entrer au café, revisiter quelques épisodes de ma vie, prendre mon temps.
Pour une obscure raison, j'avais voulu qu'elle m'attende.
Dans l'ascenseur, je préparais mes phrases pour

m'excuser, j'inventais mon deuxième mensonge de la journée, puis je décidai que je n'avais pas à me justifier.
C'est elle qui m'a ouvert la porte de l'ascenseur, un sourire aux lèvres ; elle m'accueillait.
Il m'a semblé qu'elle était plus en forme que la dernière fois, ses joues étaient plus roses, elle semblait heureuse de je ne sais quoi.
Je suis désolée, Marta, lui ai-je dit en cherchant les clefs dans mon sac, j'ai été retenue par la directrice de la crèche qui voulait me parler de ma fille, oh rien de grave, ai-je tout de suite enchaîné devant l'air catastrophé de Marta, c'est juste que... enfin rien d'important.
J'espère, m'a dit Marta, en souriant.
Vous partirez à midi comme convenu... enfin, oui, c'est évident, ai-je ajouté en prenant conscience de la grossièreté de cette précision.

Je ne trouvai pas mes clefs, je fouillai partout dans ce sac absurde de vrac et décidai de ne pas m'énerver, j'en avais assez fait.
C'est quand on est pressé qu'on ne trouve pas, souvent c'est comme ça, m'a dit Marta pour m'encourager, et elle a fait un pas en arrière pour s'éclipser, sa présence, devait-elle penser, me déconcentrait.
Oui, c'est souvent comme ça, il n'en reste pas moins que c'est irritant, « Il n'en reste pas moins que c'est irritant », tournure alambiquée, incom-

préhensible pour qui ne maîtrise pas parfaitement le français, utilisée à dessein pour faire rempart à la compassion de Marta pour cette histoire de clefs introuvables, sa compassion en général, je n'en voulais pas.

Elle a répété, oui, c'est quand on est pressé.

J'ai fini par trouver mes clefs, et Marta, d'un geste un peu brusque, me les a arrachées des mains.

Je vais essayer d'ouvrir, a-t-elle annoncé d'un ton enfantin, comme s'il s'agissait d'un jeu.

Elle a introduit la clef dans la serrure, a tiré vers elle d'un coup sec la lourde poignée spécialement conçue pour rapprocher la porte du battant et a fait tourner la clef en faisant une grimace, mais quand la porte s'est ouverte, la grimace s'est transformée en un sourire de gloire qui m'a fait un peu de peine, cette pauvre victoire, ce sourire, enfin, je ne sais pas.

Mais je me suis souvenue à temps de ce sourire qui m'avait tourmentée le mardi précédent, quand, au lieu de se sentir gênée d'être restée si longtemps sur le palier avec mon mari, elle entrait triomphante, fière du peu d'effort qu'elle avait eu à fournir pour s'introduire chez nous.

J'avais failli me laisser attendrir, mais il ne fallait pas que je perde de vue que Marta n'était pas moi, je peux m'émouvoir d'avoir surmonté une difficulté aussi dérisoire que celle d'ouvrir une

porte parce qu'une porte, pour moi, représente toujours un danger, pour Marta, non.
Et c'est parce que Marta n'était pas moi que j'avais tout à craindre d'elle.

Elle s'est effacée pour me laisser entrer et a refermé la porte comme si elle me faisait entrer chez elle.
Je lui ai proposé un café qu'elle a accepté, et en sortant les jolies tasses (pas les petits bols dans lesquels nous avions coutume mon mari et moi de boire le café, bols que j'avais eu le réflexe de planquer au fond d'un placard avant l'arrivée de Marta), je me disais : Tu te laisses entraîner dans une situation qui va à l'encontre de ce que tu souhaitais, tu voulais que Marta soit un rêve, et tu vas boire un café en face de la femme de ménage.
Mes débuts étaient pitoyables.
Je guettais le moment où Marta allait reposer sa tasse de café vide sur la soucoupe pour aller la rincer avec la mienne, ce café-là étant sous ma responsabilité.
Mais Marta a été plus prompte que moi, elle aussi guettait, c'était sans doute une habitude qu'elle avait prise, un savoir-faire, un métier.
Non, laissez, ai-je lancé sans conviction, je savais qu'elle ne laisserait pas.
Elle a pris son sac et m'a demandé si elle pouvait aller se changer dans la chambre.

Bien sûr, mais ne vous inquiétez pas, je vais partir.
Elle ne s'inquiétait pas, m'a-t-elle assuré en se dirigeant vers la chambre, ce qui me mit dans une situation embarrassante, devais-je l'attendre ? devais-je lui dire au revoir de loin ? il était dix heures moins le quart et j'étais très en retard, tout cela devenait pénible.
Elle est revenue vêtue d'un jogging bleu marine passé, elle avait relevé ses cheveux avec une pince crabe, la même que la mienne.
Je remarquai ses chaussures (chaussons ?), plates et vernies, fabriquées dans un cuir si souple ou de si mauvaise qualité que l'empreinte de ses orteils était visible, mais imaginer la forme de ses pieds n'était pas ce à quoi je m'étais préparée, l'imaginer, oui, mais autrement.
Elle m'a souri d'un petit air navré, haussant les épaules en guise d'excuse, ennuyée de s'exhiber dans cette tenue, puis elle a tourné la tête.
Elle devait m'en vouloir de l'avoir attendue, mais je n'arrivais pas à partir, je le lui ai dit tout en me blâmant de lui imposer mes états d'âme :
Je n'ai pas envie d'aller au travail.
Il le faut, pourtant, m'a-t-elle dit en souriant, je commence par quoi ?

3

Elle n'avait pas eu le temps de faire notre salle de bains.
La salle de bains des enfants est nickel, s'est réjoui mon mari.
Elle s'est trompée de salle de bains, ai-je pensé.
Et puis leur chambre est bien rangée.
Celle de Marta était déjà rangée, me suis-je dit, je passe toujours beaucoup de temps à ranger ses petites affaires, j'ai plaisir à faire ça, j'appuie sur le ventre des animaux qui émettent des sons, le singe fait honc honc honc, la tortue hi hi hi, le chat mawou, le mouton bê, et je les aligne le long du petit lit à barreaux, le museau dehors, comme dans un zoo.
Je sais qu'un jour ma fille me dira : Le zoo, c'est pas bien, les animaux sont enfermés dans des cages, ils ne sont pas contents, moi, je voudrais les remettre en liberté, etc.
La salle de séjour est impeccable, en tout cas.
Ah, tu trouves ? regarde, il y a des traces dans

l'évier et la serpillière traîne dans le seau, je ne suis pas sûr qu'elle l'ait nettoyée après s'en être servie.
Moi, je trouve que quand on entre, ça fait propre.
Tu es contente alors ?
Non, je n'étais pas « contente », mais je voulais que Marta revienne.
J'ai répondu : Oui.
Le soir, on était comme pas chez nous.

On regardait partout pour traquer les traces du passage de Marta, Ah ! la caisse à épices a été déplacée, Bon signe, ça veut dire qu'elle a passé l'aspirateur dans ce coin, Oui mais pas dans celui-là, regarde derrière le fauteuil, et sous le radiateur, c'est immonde, Oui, mais sous le radiateur, c'est difficile d'y accéder, on se l'était dit pour nous-mêmes, que nous ne nous obligerions pas à la perfection, l'endroit est inaccessible.
Mon mari, je le sentais, n'était pas enthousiasmé par le travail de Marta.
Tes bords d'étagères sont propres, ai-je fait remarquer à mon mari pour qu'il adoucisse son jugement sur Marta.
Moi, j'imaginais les positions qu'elle avait dû prendre pour laisser l'appartement tel qu'on le découvrait ce soir-là.
Je voyais sa main rouge et gercée entrer et res-

sortir dans la cuvette remplie de St Marc, je voyais ses genoux fléchir pour s'accroupir et frotter les tomettes de la cuisine avec l'éponge (oui, mais avait-elle bien utilisé la bleue ?), la serpillière n'ayant pas donné un résultat satisfaisant.

Je voyais ses yeux s'abîmer sur les interstices de la paillasse pour traquer les restes de confiture et de matières grasses, je voyais son dos courbé et ses orteils crispés, ses muscles bandés sous l'effort, et elle se disait, Dix euros, c'est pas beaucoup pour toutes ces positions dans lesquelles je dois me mettre pour nettoyer un lieu qui n'est pas à moi et dont je ne profiterai pas le soir en rentrant.

J'avais encore failli me laisser attendrir : elle porte des gants, me suis-je souvenue, ses mains ne sont ni rouges ni gercées.

Mes mains l'étaient, rouges et gercées, quand je nettoyais le sol d'Isabelle, ma mère.

Cela la faisait parfois rire de me voir accroupie les fesses en l'air pour arriver à bout de telle tache qu'elle s'était mis en tête de me voir faire disparaître, elle m'appelait « mon petit singe » et me promettait une banane, denrée rare, prétendait-elle, si je réussissais à la convaincre que j'étais habile, et moi, je me réjouissais de ces mots « mon petit singe », parce qu'elle les prononçait avec une réelle tendresse et que, pendant que je m'escrimais à frotter, elle poussait

des grognements en cognant sa poitrine avec ses poings, « Je suis ta grande guenon et tu dois m'obéir ! ».
Son rire me gagnait et nous finissions dans les bras l'une de l'autre, nous faisant des baisers qui me ravissaient et me dégoûtaient en même temps.

Marta, en se mettant dans toutes les positions, pensait au soir, au fauteuil dans lequel elle se laisserait tomber.
Je me demande si Marta a un fauteuil chez elle, ai-je dit à mon mari.
C'est idiot, comme question.
Je me disais que si elle n'en avait pas, on pourrait lui donner le vert, tu sais, celui qu'on appelle l'âne mort, on ne sait pas où le mettre, on le déplace tous les trois mois, on ne s'y assied jamais et il nous encombre plus qu'autre chose.
Pourquoi faut-il que tu veuilles donner ce fauteuil à Marta ?
Je ne veux pas, c'est une idée, c'est tout, ça lui rendrait peut-être service, et à nous aussi, tu sais bien que je déteste vendre, c'est trop compliqué.
Tu sais, d'habitude, c'est des vêtements qu'on donne aux femmes de ménage, pas des fauteuils, les vêtements, c'est suffisant pour se dédouaner.
Se dédouaner de quoi ? tu es odieux, et d'ail-

leurs, tu es... odieux, je ne trouve pas d'autre mot, je ne sais pas pourquoi tu me dis ça, avec ce ton, ce ton qui laisse entendre que j'aurais des intentions, qui ne seraient pas belles, je veux dire, et puis non, je ne veux rien dire, tu es odieux, c'est tout, ne donnons pas ce fauteuil à Marta qui en aurait peut-être besoin, plus que besoin, envie, oui, oh ! ne me regarde pas avec cet air-là, et puisqu'elle a envie de ce fauteuil, je ne vois vraiment pas au nom de quoi nous devrions le lui refuser.

J'en étais malade.

Mon mari s'était mis à lire le journal pendant que je me dépatouillais avec Marta et son fauteuil, enfin, notre fauteuil.

Il y a une expo des dessins de Bacon dans une petite galerie, mais ce n'est pas l'autre, tu sais, la grande au musée Maillol.

Rien à faire des dessins de Bacon.

Non, je me trompe, d'ailleurs, a rectifié mon mari, ce sont des photos.

Les dessins, les photos, les portraits, les paysages, les natures mortes... Bacon, pas Bacon, je m'en fichais, j'étais malheureuse, Marta s'était trompée de salle de bains, de chambre, de tout, je voulais trouver beau ce qu'elle avait fait quitte à me battre contre mon mari qui ne trouvait rien à son goût, mais là c'était trop, j'étais exténuée, rompue, usée, lessivée par cette journée qui n'était pas finie, loin d'être finie, il

allait falloir que je fasse manger Marta qui ces temps-ci résistait à la cuillère, mon mari, lui, était pour le biberon d'emblée, pourvu qu'elle soit calée, mais moi, je ne voulais pas renoncer si vite, et c'est donc moi qui encaisserais ses refus, qui aurais recours à ces subterfuges : faire manger Doudou afin qu'elle daigne par imitation avaler une cuillerée, ses mouvements brusques du bras qui feraient valser la purée, il allait y en avoir partout, mais je déciderais de trouver ça normal, voire sain, qu'un enfant de cet âge salisse ses vêtements, parce que oui, Marta refusait le bavoir, elle n'aimait pas que quelque chose pende autour de son cou.
Et moi non plus, je n'aime pas que ça pende, je ne porte jamais de collier, Marta chérie, on est tellement tellement pareilles, mon amour.

On pourrait le recouvrir, ai-je tenté.
De quoi parles-tu ?
Du fauteuil.
Le recouvrir pour l'offrir à Marta, ou pour qu'on en profite, nous ?
Je n'ai pas répondu.
Le recouvrir pour le recouvrir, mais qu'aurait compris mon mari à cela ? ce fauteuil, je ne voulais plus qu'il soit vert, je ne voulais plus qu'il soit Le fauteuil vert non offert à Marta et que nous traînerions toute notre vie sans jamais nous asseoir dessus, oui, de cela j'avais peur,

non, je ne pourrais décidément pas avouer cette stupidité à mon mari.
Le recouvrir pour le recouvrir, ai-je quand même eu le cran d'annoncer.
On doit justement aller à Montmartre, pas ce week-end mais l'autre, pour accompagner Émile à un anniversaire, tu viendras avec nous et on ira faire un tour au marché Saint-Pierre.
J'ai oublié de payer Marta ! me suis-je écriée.
Mon mari n'en revenait pas, comment pouvais-je avoir oublié, dès la première fois, et si elle avait oublié de faire le ménage, qu'aurait-on pensé d'elle ?
Que pensait-elle de moi, là, à cette heure ?
J'ai téléphoné à Marta immédiatement, mais elle était sur messagerie ; un message bref en polonais et un message en français : Vous êtes sur le téléphone de Marta et, si vous me laissez un message, je vous rappellerai.
Marta, c'est Sandra Bertaud, je ne sais vraiment pas où j'avais la tête, j'ai complètement oublié de vous donner les trente euros que je vous dois.
Marta m'a rappelée très vite, ce n'est pas grave, a-t-elle dit, vous me les rendrez la semaine prochaine.
Elle avait utilisé le terme « rendre », ce qui signifiait que je lui avais emprunté quelque chose, ses bras ses jambes son dos sa tête ses pieds ses mains, j'étais en dette de certaines parties de

son corps, elle me faisait crédit, elle prenait sur moi du pouvoir.
Mais si, c'est grave, Marta, ai-je insisté, je vous promets que cela ne se reproduira plus, est-ce que vous voulez que je passe chez vous, ou vous, vous passez, qu'est-ce qui vous arrange ?
Non, je préfère la semaine prochaine, a dit Marta d'un ton ferme.
Je... je vous dérange peut-être en ce moment ?
Non, a encore dit Marta, la semaine prochaine, vous me laisserez soixante euros, ce n'est pas un problème.
Marta n'avait aucun doute sur le fait qu'elle reviendrait la semaine prochaine, ouvrirait la porte, et serait chez elle.
Le fait qu'elle ait précisé le montant m'a fait une drôle d'impression, j'avais le sentiment qu'une sorte de confiance était entamée, oui, j'aurais pu ne pas me souvenir que je lui devais cette somme-là exactement, elle me soupçonnait de pouvoir encore oublier.
J'ai fait part de cette crainte à mon mari qui a hoché la tête avec indulgence, je crois que mon sentiment, il s'en fichait, le fauteuil avait déjà pris trop de place, que je pense en silence, c'est ce qu'il me demandait, de penser en silence.

Je continuai donc seule et en silence à inspecter les lieux, et je remarquai que le grille-pain

méritait de nouveau son titre de grille-pain chromé : il rutilait.
C'est à ce genre de détail que je suis sensible, bien plus qu'une moquette qui, sous le milieu du lit, garderait en mémoire des mois de poussière.
Moi aussi, j'aime faire briller les grille-pain.
Je m'aperçus que, pendant l'échange téléphonique avec Marta, je n'avais pas prononcé un mot sur son travail, pas précisé que nous étions satisfaits, voire contents, et je me dis que moi, si l'on ne m'avait pas remerciée de m'être mise dans toutes les positions pour trente euros (qu'en plus je n'avais pas touchés), je me serais sentie triste, non, pas triste, meurtrie, oui, meurtrie, et dans un second temps, j'aurais été révoltée, je n'aurais plus pensé qu'à une chose : me venger.
Cette nuit-là, un cauchemar me réveilla : une sorte de diplomate m'expliquait que j'aurais tout intérêt à me faire refaire les oreilles, il m'indiquait le nom d'un grand spécialiste, me rassurait quant à la banalité d'une telle intervention, me montrait des photos « avant/après » de personnes qui avaient subi l'opération, j'avais tout à y gagner, pour une somme dérisoire puisque ce chirurgien ne demandait que quatre-vingt-dix euros.
Je restai comme une ignorante dans le noir, hébétée par ce rêve auquel je ne comprenais

rien, mon mari prenait toute la place et je me mis à le pousser de manière que, s'il se réveillait, il croie que je bougeais dans mon sommeil ; c'était une méthode, un coup à prendre.
Je n'avais finalement pas rappelé Marta pour la remercier de la qualité de son travail, craignant de la déranger, mais ce n'était pas la vraie raison, non, je craignais qu'elle ne se méfie de moi et de mes compliments, car maintenant, au milieu de la nuit, j'en avais la conviction : Marta était sur ses gardes.
De là à se venger !
Je me suis mise malgré moi à imaginer les vengeances de Marta.
La première chose qui m'est venue concernait Marta, mon être cher ; Marta (femme de ménage) enfouissait une souris morte sous son matelas, rien que pour le plaisir, au moment où elle se coucherait, d'imaginer mon enfant naïvement endormie au-dessus de la pourriture, et de m'imaginer, moi, horrifiée le lendemain quand j'entrerais dans une chambre qui dégagerait une odeur pestilentielle.
La nuit, les choses vous semblent vraies.
Je me suis obligée, pour ne pas me rendormir sur cette vision atroce, à chercher une autre vengeance de Marta et j'ai pensé au vol, aux choses susceptibles d'être volées dans cette maison, mais à part mon ordinateur portable et quelques habits de marque, je ne voyais pas grand-

chose, je ne possède pas de bijoux hormis mon alliance que je porte toujours et ma bague de fiançailles Cartier qui passe son temps au congélateur.

Si j'étais Marta, l'idée me viendrait.

De voler.

Je devais anticiper les vols de Marta en lui offrant des choses lourdes, le fauteuil par exemple.

Tout s'enchaînait à merveille : le fauteuil dont je voulais me débarrasser deviendrait une monnaie d'échange ; je devais convaincre Marta de l'accueillir chez elle pour que l'idée de nous voler lui soit insupportable.

Il faudrait que je trouve un moyen de lui poser la question : avait-elle oui ou non un fauteuil chez elle ?

Je réfléchissais aux détours possibles pour aborder avec Marta le thème du fauteuil sans que cela paraisse déplacé, ou stupide, ou tout simplement absurde.

Je ne pouvais évidemment pas lui demander : Avez-vous un fauteuil chez vous ?

Je revenais à la charge dès le lendemain auprès de mon mari, sur cette histoire de fauteuil, j'entends ; dans la perspective où le fauteuil intéresserait Marta, est-ce que nous pourrions envisager de le lui donner ? c'est à cette question que je l'ai confronté dès qu'il a eu mis le pied par terre.

Je te comprends mal, Sandra, m'a-t-il dit, après tout, ce fauteuil n'est pas à moi, tu en fais ce que tu veux, mais je ne bougerai pas le petit doigt pour déménager ce meuble ; si Marta le veut, qu'elle l'emporte et qu'on n'en parle plus.

Je ne m'attendais pas à ce que mon mari capitule si vite, je ne m'attendais pas non plus à ce qu'il me rappelle que ce fauteuil n'était pas à lui, nous qui avions décidé de mettre en commun tous nos biens, hormis les souvenirs de famille.

Ce fauteuil, je l'avais acheté à un copain qui déménageait dans le sud de la France et qui ne pouvait pas emporter tous ses meubles, et puis des souvenirs de famille, je n'en avais pas, ah si, un miroir aux contours ciselés ayant justement appartenu à Marta ma grand-mère, mais il est piqué et j'aime les surfaces évidentes ; il reste donc emballé dans son papier bulle, caché derrière une porte.

C'est agréable, la cafetière toute propre, ai-je dit pour changer de conversation.

Je reproche toujours à mon mari de ne pas laisser le café filtrer jusqu'au bout, il retire la cafetière pour se servir alors que l'eau coule encore, et les taches brunes se répandent sur la paillasse.

L'idéal, ce serait que Marta la désentartre.

La détartre.
Mon mari ne me laisse rien passer.
Je trouve ça ridicule de payer une femme de ménage pour détartrer une cafetière alors que nous pouvons très bien le faire nous-mêmes.
Oui, mais nous ne le faisons pas, tu vois, par exemple, j'aimerais rentrer, me faire un café, et chlac ! le café coule sans faire de bruit et tu n'es pas obligé d'attendre des heures pour le boire, pour moi, c'est ça, le vrai luxe.
Le vrai luxe, m'a répondu mon mari, c'est de ne pas parler toutes les cinq minutes de la femme de ménage, c'est de pouvoir boire son café sans être obligé de penser à un fauteuil ou à une cafetière.
Et les gens qui passent le repas entier à commenter ce qu'ils mangent, ou qui évoquent les excellentes cuisines auxquelles ils ont goûté chez Untel ou Unetelle, ou qui se réjouissent parce qu'ils ont dégotté dans je ne sais quel magazine une recette dont on leur dira des nouvelles, ces gens-là, ils savent ce que c'est, le vrai luxe ?
Tu veux parler de ma mère ? je ne vois pas ce que ma mère vient faire là.
Et moi non plus, je ne voyais pas ce qu'elle venait faire là, la mère de mon mari.
Je pensai à ma mère à moi, Isabelle, morte enfermée à l'abri du monde, dans son petit paradis pour fous, comme elle aimait le dire quand

j'allais lui rendre visite à la clinique d'Épinay-sur-Seine.

Ma mère, née en 43, aurait voulu rester jeune plus longtemps, s'est sentie vieillir à dix-huit ans, quand elle m'a eue, par hasard, pas un hasard heureux, ils avaient décidé de se séparer, elle et lui.

Je suis née d'un sursaut d'amour.

Je t'ai appelée Sandra, j'ai pensé aux cendres, c'est beau les cendres, tu sais ? les belles cendres d'un bel amour de jeunesse, mais on n'était pas faits pour être vieux ensemble, ton père est resté à nos côtés jusqu'à ce que tu marches, c'est la limite qu'on s'était fixée, me répétait souvent ma mère, et elle me remerciait d'avoir traîné pour apprendre à marcher.

Quand je t'ai vue faire tes premiers pas, j'ai failli t'étrangler.

J'ai marché à vingt mois et mon père est parti, paraît-il.

En évoquant la douleur que furent pour elle mes tentatives de mettre un pied devant l'autre, sa paupière tombait plus bas encore ; Isabelle avait une paupière plus lourde que l'autre, et moi, ça m'inquiétait toujours un peu, cette dissymétrie dans le visage de ma mère, mais elle, elle en riait, elle disait : L'un de mes yeux voit ce que les deux ensemble ne peuvent pas voir, c'est drôle, tu ne trouves pas ? ris, ma chérie ! c'est drôle, et je ne suis pas laide pour autant.

Oui, Isabelle était très belle, je m'en souviens.

Je me suis précipitée pour aller vérifier l'état de l'abat-jour en inox de la petite lampe de chevet : brillant, pas un grain de poussière.
Je me suis assise sur le lit, j'avais encore quelques minutes avant que Marta ne se réveille, je voulais faire quelque chose d'utile, mais je ne savais pas quoi, vérifier autre chose, et c'est alors que l'idée m'est venue : je me suis penchée sous le lit, et là, j'ai vu, les bords avaient été aspirés, mais pas le centre.
Je m'en suis aussitôt voulu d'avoir vérifié, j'aurais préféré ne pas le savoir, le milieu au-dessous du lit, je l'ai dit, n'est pas important pour moi, mais voilà, ce n'était pas important non plus pour Marta, et cela, je le pressentais, allait venir m'encombrer jusqu'au moment où j'oserais aborder la question avec elle.
Car il faudrait que je lui en parle, Vous devez faire sous le milieu du lit, Marta, pas simplement les bords.
Comment voulez-vous que je fasse le milieu du lit avec un aspirateur aussi peu commode que le vôtre, et un lit énorme qu'on ne peut pas pousser, et puis en trois heures, comment voulez-vous que je fasse la cuisine, les deux salles de bains, les chambres, la paillasse, comment voulez-vous que je fasse...
Assez !

Pour la faire taire, je décidai que je ne dirais rien, que je continuerais à dormir au-dessus des moutons.

Non, l'idée de ces moutons, là, sous moi, devenait soudain insupportable, je trouvai la solution : passer l'aspirateur sous le lit, surtout au milieu, en m'allongeant à plat ventre pour passer partout.

Dès que le moteur s'est mis en route, mon mari est accouru dans la chambre et a appuyé sur l'interrupteur pour faire cesser le bruit.

C'était dément d'utiliser un aspirateur à sept heures et demie du matin, j'allais réveiller Marta, et puis c'était une aberration de repasser derrière la femme de ménage, moi qui détestais faire le ménage, c'était lui qui avait toujours tout fait dans la maison, et maintenant, alors qu'on l'avait enfin, cette femme de ménage, je me mettais à faire le ménage (il répétait « ménage » toutes les deux secondes, il était furieux), et puisque j'estimais que la femme de ménage ne servait à rien, on allait pouvoir s'en passer, ça tombait bien, on ferait des économies.

Il est sorti de la pièce en emportant l'aspirateur pour le remettre en place, puis il est revenu, plus calme, s'est adressé à moi comme on s'adresse à une personne fragile, m'a demandé ce qui m'était passé par la tête, vraiment, il ne comprenait pas.

Il n'était pas question de lui avouer la vraie rai-

son, je devais prendre la défense de Marta puisqu'elle était menacée.
Je voulais voir si l'aspirateur aspirait aussi bien... qu'avant, si ce n'était pas le moment d'en changer, je l'ai acheté il y a deux ans, et maintenant qu'on a une femme de ménage, pour gagner du temps, je me suis dit...
Si je comprends bien, m'a dit mon mari en gardant son ton condescendant — je me maîtrise parce que je sais bien que tu n'as plus toute ta tête —, tu voulais nous faire faire des économies ?
Tu n'as que ce mot-là à la bouche, économies, ça devient difficile de parler avec toi.
Marta s'est mise à pleurer, C'est malin, m'a lancé mon mari avec un regard lourd de reproche, tu l'as réveillée.
Je savais que c'était faux, que ce n'était pas moi qui avais réveillé ma petite fille chérie, mais je ne voulais pas aggraver mon cas, le fauteuil, la cafetière, l'aspirateur, ça allait bien comme ça.
J'ai donné le biberon à Marta qui levait parfois les yeux vers moi comme pour vérifier que j'étais bien là, Oui, je suis là, mon cœur, je serai toujours là, et à le lui dire, j'ai eu les larmes aux yeux, je lui mentais, je ne serai pas toujours là, Je vais te préparer à mon absence, me suis-je dit, en te donnant tout ce que j'ai, de l'amour, des forces, de la joie de vivre, de la confiance...

et chacune des choses que je lui offrais en pensée me paraissait menacée.

Mon mari a choisi une cantate de Bach, le soleil est entré juste à ce moment-là dans la pièce, le parquet brillait, je me suis vue de très loin, du temps où jamais je n'aurais imaginé que tout cela pouvait m'arriver, un enfant sur mes genoux, un appartement à parquet brillant, un mari, une femme de ménage, c'était ma douce musique répétitive.
Il manquait la cheminée et les moulures.

La cheminée et les moulures, c'était le rêve d'Isabelle, et quand elle évoquait ce à quoi elle n'aurait jamais accès, sa paupière s'alourdissait.
Elle disait, pour parler de ceux qui étaient nés avec une petite cuillère en argent dans la bouche : C'est des gens « cheminée-moulures ».
Son rêve a été exaucé au paradis : dans la salle de repos d'Épinay-sur-Seine, des fauteuils étaient disposés autour d'une cheminée toujours éteinte et une frise en trompe l'œil qui courait le long d'un plafond jauni par le tabac donnait du relief aux arêtes.

Marta m'a fait un sourire, mon mari m'a demandé s'il restait du café, Oui, un petit peu, mais je vais en refaire si tu veux.
Non, je n'ai pas le temps, il faut que je file.

Mon mari nous a regardées, s'est penché vers nous, et nous a prises dans ses bras en nous souhaitant une bonne journée.
Je me suis laissé emporter : Qu'est-ce que tu dirais d'une semaine au Maroc, juste nous deux ?
Pourquoi le Maroc ? a demandé mon mari en enfilant sa veste pour aller travailler.

Quand Émile et Jules sont rentrés le lundi, ils se sont réjouis de trouver leur chambre dans cet état.
C'est drôlement bien, a dit Émile, comme ça, on n'aura plus besoin de ranger !
Mon mari s'est empressé de lui retirer ses illusions, c'est le contraire qui allait se produire, pour que la femme de ménage puisse bien faire le ménage, il fallait qu'elle trouve une chambre en ordre et que tous les jouets soient à leur place.
J'ai respiré ; il avait donc renoncé à renvoyer Marta, c'est un sujet que nous n'avions plus abordé depuis le matin de l'aspirateur.
Papa, je ne trouve plus ma calculette.
Cherche dans tes affaires, elle doit se cacher quelque part dans ton fouillis.
Justement, il n'y a plus de fouillis, tout est rangé, et je ne sais pas où elle est, ou alors c'est peut-être Marta qui l'a prise.
Quelle Marta ? ai-je demandé à Jules d'une voix neutre.

Ben, la femme de ménage !
Et d'où te vient l'idée qu'une femme de ménage est forcément une voleuse ? lui ai-je demandé en m'efforçant de rester calme alors que je mourais d'envie de laisser exploser ma rage.
Ben, la femme de ménage de maman, elle a volé un collier, et maman a dû changer de femme de ménage, et maintenant, maman, elle met tous les bijoux de valeur dans un petit meuble qui ferme à clef.
Et depuis quand maman a-t-elle une femme de ménage ? a demandé mon mari.
Émile a regardé son frère et lui a dit : C'est malin.
Qu'est-ce qui est malin ? a demandé mon mari.
Émile a baissé la tête et, d'une toute petite voix, au bord des larmes, il a avoué : On n'avait pas le droit de le dire.
Je l'ai pris dans mes bras et je l'ai rassuré, ce n'était pas grave du tout, cela n'avait aucune importance que l'on sache que sa maman avait une femme de ménage, ça ne changerait rien, et pour le mettre tout à fait à l'aise, je lui ai dit : Une femme de ménage, ça ne se dit pas !
Mais pourquoi ?
Toi, par exemple, réfléchis, il y a bien des choses que tu ne dis pas, eh bien, une femme de ménage, c'est pareil !
C'est vrai ? a dit Émile, consolé de son chagrin.

Quelles bêtises tu lui mets dans le crâne ? a dit mon mari.
Alors c'est pas vrai ? a demandé Émile avec une telle déception dans la voix que j'ai cru qu'il allait se mettre à pleurer.
Bon, cette calculette, tu vas la chercher, a dit mon mari à Jules qui s'est aussitôt précipité dans sa chambre pour fuir il ne savait pas trop quoi, mais il avait raison, il y avait du danger dans l'air.
Alors, ce n'est pas vrai ? a insisté Émile, auquel mon mari a fini par dire que non, ce n'était pas vrai, que je racontais des bêtises, et que non, ce n'était pas grave que sa mère ait une femme de ménage, sa maman faisait ce qu'elle voulait, et si la vie pour elle était plus douce avec l'aide d'une femme de ménage, elle aurait vraiment tort de s'en priver.
Dès qu'Émile a tourné le dos, mon mari a dit : Je ne comprends vraiment pas quelle honte il peut y avoir à employer une femme de ménage, pourquoi c'est un secret, pourquoi demander aux enfants de ne rien dire, pourquoi se sentir coupable ?
C'est une histoire d'avoir les moyens ou pas, peut-être, mais nous non plus, nous ne sommes pas riches, me suis-je embourbée, me rendant compte que l'aveu de nos difficultés financières pouvait remettre en question la place de Marta, et j'ai ajouté : Enfin, il ne faut pas exagérer, on

peut quand même bien payer trois heures de femme de ménage par semaine.
Ce n'est pas dit qu'on garde Marta, a marmonné mon mari, et j'ai compris qu'il faudrait que je sois prudente à l'avenir.
Moi, je voulais que Marta reste, elle faisait déjà partie de notre vie, de notre vie quand nous ne l'habitions pas.
Le mercredi matin, Marta serait au centre même de nos petites habitudes dans cet appartement vide et grouillant de nos restes, miettes de pain, taches, traces de gras, de lait, de sueur, de régurgitations.
Trois heures pour soupeser l'existence, la nôtre, la sienne, trente euros.
C'est quoi, trente euros divisés par deux ? ai-je demandé à mon mari, une salade nordique dans une brasserie, dix paquets de chewing-gums, un tee-shirt, une boîte de lait pour bébé, deux places de ciné, enfin vraiment, quinze euros chacun, qu'est-ce que c'est ?
Mon mari restait silencieux, Et Marta, elle les transforme en quoi, ses heures ? ai-je pensé.
Ah ! j'oubliais, c'est aussi huit cafés dans un bar, tu ne réponds pas ?
Si tu les prends au comptoir, ça en fait seize ! a répondu mon mari en riant, il riait, ça c'était bien, j'ai ri aussi, et nous nous sommes embrassés, je me suis dit que cela faisait longtemps qu'on ne s'était pas embrassés comme ça, en

riant, mais quand les enfants sont entrés dans la pièce, mon mari s'est brusquement éloigné de moi, j'étais un peu triste pour eux, c'est bien que les enfants voient des baisers de temps en temps.

Jules cachait quelque chose derrière son dos et Émile trépignait d'impatience à ses côtés, s'attendant à un dénouement heureux.

Devine ! a dit Jules, qui s'adresse exclusivement à son père.

Vous ne trouverez jamais ! a ajouté Émile, qui s'adresse à nous deux.

Comme nous faisions semblant de ne pas savoir pour faire durer le plaisir, Jules a brandi la calculette en nous expliquant qu'il l'avait retrouvée dans son tiroir, mais qu'au début il ne pouvait pas la voir parce qu'un cahier la recouvrait, un cahier rangé par Marta, mais devant mon regard noir, il s'est senti obligé d'ajouter : Elle a voulu bien faire, évidemment.

N'empêche qu'elle range drôlement bien, Marta, a dit Émile, en qui j'avais un fidèle allié.

J'attendais que mon mari explique à son fils qu'on n'accuse pas les gens comme ça, sans savoir, qu'il lui fasse comprendre d'une façon ou d'une autre en quoi son attitude était répréhensible, mais rien n'est venu.

En tout cas, Marta, c'est pas une voleuse, a dit Émile comme s'il lisait dans mes pensées.

Ni elle ni personne, a dit mon mari, et je suis heureux qu'il en soit ainsi.

J'ai alors compris que lui aussi avait soupçonné Marta.

Moi, je savais que Marta n'avait encore rien volé ; elle volerait plus tard, quand nous aurions confiance en elle, c'était une possibilité, une certitude.

Pourquoi elle ne fait pas la cuisine, Marta ? a demandé Émile pendant le repas.

Tu n'aimes pas la betterave, mon chéri, et tu sais, en Pologne, beaucoup de plats se font à base de betterave, tu ne serais pas très heureux si elle faisait la cuisine chez nous, a répondu mon mari.

Dans ma famille, ai-je raconté à Émile, on a en horreur la betterave rouge, Marta ma grand-mère détestait la betterave rouge, ma mère ne l'aimait pas non plus, peut-être que mon grand-père l'aimait, il est né en Pologne... mais en tout cas, moi, Sandra, je déteste la betterave rouge, je le dis haut et fort !

Vas-y, crie-le ! m'a encouragée Émile avec les yeux pétillants, parce qu'il voyait là une occasion d'événement.

Oh non, pitié ! a supplié Jules en se bouchant les oreilles.

Raconte encore.

C'est au point que, si la betterave touche une

tomate dans l'assiette, je ne peux pas manger la tomate.
Mais tu la détestes plus que quoi ? a demandé Émile, qui a toujours besoin de points de comparaison, plus que des pommes de terre pourries et pas cuites avec des racines blanches qui poussent dans tous les sens, par exemple ?
Bien plus que les pommes de terre pourries et toutes ces horreurs que tu viens de décrire !
Et si on te donnait le choix entre manger de la betterave, ou on tue Marta, qu'est-ce que tu ferais ?
À quelle Marta pense-t-il ? me suis-je demandé.
Émile, ça suffit, ces idioties, a coupé mon mari, qu'est-ce que tu as dans le crâne ?
Mais pourquoi tu détestes à ce point la betterave ? m'a demandé Jules, qui pressentait que mon aversion pour cette racine ne venait pas de nulle part.
La betterave, c'est la Pologne, mon trésor.
Pourquoi, tu n'aimes pas la Pologne ? a insisté Émile, pourtant, tu l'aimes, Marta ? et elle est polonaise, et...
Cette conversation est absurde, ne pas aimer un pays est absurde, aimer la femme de ménage est absurde et ériger son aversion pour la betterave en principe est idiot ! a coupé mon mari hors de lui, Marta ne fera pas la cuisine chez nous parce que ce n'est pas une cuisinière, c'est une femme de ménage, et merde !

T'as dit un gros mot, papa !
Et tu as besoin de t'emballer à ce point ? ai-je demandé à mon mari.
En plus, a osé ajouter Émile, Sandra, elle ne sait pas très bien faire la cuisine, alors, je croyais que ça te ferait plaisir, papa, si Marta venait faire la cuisine chez nous...
Maintenant, il faut laisser Marta tranquille, l'ai-je interrompu doucement, je veux dire, il faut arrêter de parler d'elle.
Ça te va bien de lui demander ça ! a dit mon mari en me lançant un regard noir, et pour changer de sujet, il a demandé à Émile et Jules :
Les enfants, une semaine au Maroc, ça vous dirait ?

4

Mardi.
J'ai quitté mon travail à cinq heures sous prétexte d'aller chercher Marta à la crèche, une excuse que je me suis inventée : une folle envie de voir ma fille plus tôt ce soir-là.
J'étais à la maison à cinq heures et demie, ma fille sur les bras, et je ne savais pas quoi faire d'elle, ce que je voulais, c'était préparer la venue de Marta, alors bien sûr, ma fille m'encombrait.
Je serais seule toute la soirée avec les enfants, mon mari m'ayant annoncé qu'il sortait de son côté, est-ce que ça ne me dérangeait pas de faire manger les garçons ? il restait suffisamment de bœuf bourguignon pour trois, les garçons, eux, sortaient de leur club de ping-pong à sept heures et demie.
J'avais deux heures devant moi.
D'habitude, j'aime bien être seule avec les enfants, ils m'encouragent, me disent que le plat

est bien réchauffé, qu'il est moins brûlé que la dernière fois, que c'est délicieux, ça les fait plutôt rire de me savoir très mauvaise cuisinière, de toute façon, ils préfèrent que ce soit leur père qui fasse la cuisine, et moi, je n'y vois aucun inconvénient.

Quand je réussis à faire cuire un œuf au plat, j'exhibe la poêle avec le jaune de l'œuf bien rond, bien centré, et le blanc, ni trop glaireux ni trop roussi, se répand tout autour en vagues concentriques.

Qu'est-ce que vous dites de ça ?

Bravo ! crient les enfants, et j'éprouve une joie minable, je désirerais tant les épater avec mieux que des œufs au plat.

Jules, quand nous sommes réunis tous les trois, s'adresse à moi avec curiosité et gentillesse, Émile me raconte ses histoires de copains, veut savoir si, dans telle situation, j'aurais fait comme lui.

Mais je savais que, ce soir, leur présence m'empêcherait d'élaborer mes plans.

J'ai sorti ma bague de fiançailles du congélateur.

J'ai extrait le glaçon de son carré et je l'ai mis dans l'évier pour qu'il fonde.

Cette opération allait demander quelques minutes, j'en profitais pour faire un biberon à Marta qui d'ordinaire, à cette heure-là, ne boit

jamais de biberon, elle venait de prendre son goûter, mais je voulais la rassasier pour qu'elle me laisse à mes petites affaires, ma petite préparation.
Le biberon était prêt, pas la bague.
J'ai pris ma fille et je l'ai installée sur mes genoux, mais elle ne s'est pas laissé installer comme ça, du biberon, elle ne voulait pas, elle voulait les bras, les bras en marchant, pas assise, je suis allée lui chercher la tétine, moi qui lutte pour que la tétine soit réservée au lit, mais la tétine, elle n'en voulait pas non plus, elle voulait les bras, et que je marche, et que je tourne, que je fasse le canard, que je pousse le cri du renard, jusqu'au moment où je l'ai collée dans son lit, j'étais effrayée par ma cruauté, car pour ne pas l'entendre non seulement je n'avais pas branché l'écoute-bébé, mais j'avais enfoncé dans mes oreilles les boules Quies de mon mari.

Maman !
Isabelle était dans son fauteuil, face à la fenêtre, je voyais ses mains pendre de chaque côté, le haut de ses cheveux rouges dépasser, et je n'osais pas contourner le fauteuil pour me mettre en face d'elle, elle me reprochait toujours de lui faire peur quand j'arrivais comme ça, je voulais juste qu'elle me réponde, j'avais une question très importante à lui poser, à l'école, on m'avait

dit : Ta mère, elle est folle, et je voulais savoir si c'était vrai.
Valérie Loiseau m'a dit que sa mère lui avait dit que je n'avais pas de chance parce que mon père était parti, qu'il ne reviendrait plus jamais et que ma mère perdait la tête, dis, maman, c'est vrai ?
Une main d'Isabelle a bougé et j'ai eu l'espoir qu'elle m'entendait.
Dis, maman, c'est vrai ?
La tête aussi a bougé un peu, ça m'a mise en confiance, je me suis approchée : Isabelle dormait et ses joues étaient un peu mouillées.
Elle avait bu, ma mère, de la vodka, la bouteille posée sur la table basse était presque vide.
Maman !
J'ai essayé de la réveiller en la tirant par le bras, mais elle m'a chassée en grognant dans son sommeil, sa paupière lourde était très lourde, mauvais signe.
J'ai pensé prévenir les voisins, les Lagier, je m'en souviens, ils étaient gentils, ils nous proposaient toujours de nous rendre des services au cas où nous aurions besoin d'eux, j'allais parfois regarder *Bonne nuit, les petits* chez eux quand Isabelle rentrait tard, et je pleurais toujours quand Nounours disait qu'il fallait aller dormir, et qu'il partait sur son nuage avec la musique de la fin.
J'étais accueillie chez les Lagier, mais les Lagier

n'avaient pas le droit de venir chez nous, personne n'avait le droit de venir chez nous, Quand quelqu'un entre dans ta maison, disait Isabelle, il voit ; il a ton « chez-toi » dans sa tête et il peut le raconter à tout le monde, et tu n'es plus chez toi, jamais, nulle part.
Je ne pouvais pas inviter une copine à la maison, elle irait tout raconter, et après, on pourrait nous faire du mal.
Je suis allée m'enfermer dans ma chambre, j'ai pris Lapin, et je me suis endormie moi aussi.

J'ai d'abord nettoyé la toile cirée Geneviève Lethu avec une éponge chaude, la vendeuse ayant bien insisté pour que nous ne mettions pas en contact la nappe avec du produit à vaisselle, ce serait fatal pour l'effet « ciré », il ne faudra pas que j'oublie, me suis-je dit, de l'indiquer à Marta, de lui préciser que l'opération doit s'effectuer avec l'éponge verte.
J'ai ensuite farfouillé dans la maison de Blanche-Neige pour en extirper une marionnette à doigt, un nain, je suis tombée sur Timide, mais quelle importance ? et pourtant, Timide ne convenait pas, je l'ai échangé contre Grincheux que j'ai fait glisser sous le canapé, tout au fond, il faudrait que je me souvienne de lui au moment voulu, il y avait beaucoup de choses dont il faudrait que je me souvienne.

La bague enfin était libérée de la glace et reposait dans une petite flaque d'eau.
Je l'ai regardée comme si je venais de la dérober, je n'avais pas envie de la porter.
Marta la volerait, je le voulais.
Je me suis mise à réfléchir sur le meilleur endroit pour une bague de cette sorte, un endroit fait exprès pour ça : qui cache et qui montre à la fois.

L'idée de mettre la bague dans le congélateur ne m'était pas venue par souci de la protéger des voleurs, non, je voulais trouver un moyen de l'enterrer sans la jeter ; la revendre, j'y avais pensé, mais vendre, c'est compliqué, la donner, j'y avais songé aussi, mais comment donner une bague de cette valeur sans entrer dans des explications, et à qui l'offrir ?
À qui expliquer que mon mari m'avait offert cette bague un jour de grand froid et de plein soleil où nous étions partis nous promener — nous marchions beaucoup dans Paris à cette époque — et que la phrase prononcée rue de la Paix : « Ma mère, personne ne lui a offert de bague » avait provoqué chez mon mari l'envie de m'offrir ce que jamais ma mère n'avait reçu, une bague, et pas n'importe laquelle, Une Tank de chez Cartier, ça te plaît ?
Fiançailles le soir même, champagne, conception de Marta.

J'ai porté la bague quelque temps, puis de moins en moins souvent, j'ai promis à mon mari qui s'étonnait de ne plus la voir à mon doigt que je la mettrais dans les grandes occasions, j'avais peur de la perdre, c'est ce que j'ai prétexté.
Cette bague, je ne méritais pas de la porter, elle brillait trop et, par contraste, mes mains devenaient plus laides encore.
Je devais la garder intacte, liée pour toujours au souvenir de cette froide journée ensoleillée, je l'avais déposée avec cérémonie dans le bac à glaçons du congélateur, parce que le froid conserve, m'étais-je dit avec ironie et tristesse.
Mon mari ne s'est plus inquiété d'elle ; il n'a jamais su que la bague avait séjourné dans la glace ; des glaçons, on n'en prend jamais.

J'ai saisi la bague, mais je ne l'ai pas mise à mon doigt, je me suis promenée dans l'appartement en la tenant à la main, pour inspecter les lieux possibles.
Le plus simple serait de la glisser dans le tiroir de ma table de nuit, les tables de nuit sont des endroits très visités, enfin, il me semble, moi, la première chose que je fais lorsque j'arrive dans une chambre étrangère, c'est ouvrir le tiroir de la table de nuit.
Le temps passait.
Avec mes boules Quies, j'étais comme dans un aquarium.

Oui, j'avais quelque chose de marin ; je me faisais l'effet d'un poisson qui tourne dans son bocal, sauf que le bocal mesurait plus de cent mètres carrés et était aménagé pour les humains, avec des meubles pour les humains, des canapés, un fauteuil, et si je le souhaitais, je pouvais même m'ouvrir une bière, mais les poissons ne boivent pas d'alcool, Les poissons ne boivent pas d'alcool, me suis-je surprise à dire à voix haute, et je trouvais ça très drôle, vraiment.
Je n'avais pas envie de boire une bière, je n'ai jamais eu de goût pour l'alcool.

C'est un bruit d'éclat de verre qui m'a réveillée, j'ai serré Lapin contre moi et je suis sortie de ma chambre pour aller voir ; en se relevant, Isabelle avait renversé la bouteille de vodka qui s'était brisée par terre, et maintenant, Isabelle pleurait debout au milieu de la pièce, alors, je suis allée la consoler.
On est bien toutes les deux, me disait-elle en m'étouffant dans ses bras, rien ni personne ne viendra jamais nous séparer, mais j'éloignais mon visage du sien parce que son haleine empestait l'alcool, je glissais Lapin entre nous pour me protéger, et Isabelle a dit d'un air dégoûté : Il pue, ton lapin, il faudra bien que tu acceptes un jour que je le lave.
Elle ne voyait pas d'un très bon œil ce lapin qui ne me quittait pas d'une semelle, que j'empor-

tais partout avec moi, même dans le lit de ma mère les soirs où elle ne trouvait pas le sommeil et où elle me suppliait de m'endormir à ses côtés.

Mais le tiroir de la table de nuit, c'était trop voyant.
Si j'étais Marta, je me dirais : Elle va se rendre compte tout de suite que j'ai pris la bague, cette bague n'était pas ici la dernière fois, je ne l'ai jamais vue à son doigt, et, entre parenthèses, elle n'a pas de belles mains, avec ses ongles rongés et ses doigts boudinés, je n'aimerais pas avoir ses mains, mais en attendant, d'où sort cette bague, je ne sais pas, mais je la laisse où elle est. Qu'est-ce que ça donne en polonais ?
J'ai fini par coincer la bague dans le fauteuil, entre le gros coussin et un accoudoir, à cet endroit, elle aurait pu tomber, y être depuis la nuit des temps, je pourrais l'avoir cherchée partout, en vain, puis avoir renoncé à la trouver.
Malgré les boules Quies, les cris de Marta sont parvenus à mes oreilles, et quand je suis entrée dans sa chambre, j'ai trouvé ma fille couverte de plaques rouges sur le visage, les joues inondées de larmes, hoquetant, tendant les mains vers moi qui l'avais laissée choir dans cet état, s'accrochant à mon cou quand je l'ai prise dans mes bras, et à cet instant, j'ai haï Marta femme de ménage, c'était à cause d'elle, tout cela.

J'avais hâte maintenant que les enfants arrivent.
Ils seraient en nage, parleraient de revers et de smashes, me montreraient leurs coups en faisant de grands gestes dans le vide avec leur raquette.

La présence de ma fille contre moi m'a fait renoncer à mes pièges.
J'évitais même de regarder les meubles de peur de noter tel ou tel détail, un dessin de poussière, un désordre.
On allait passer une bonne soirée, j'avais donné son bain à Marta qui m'avait pardonné, les tout-petits oublient de se venger, ils n'ont pas le choix de la vengeance, c'est ce que j'avais pensé en lavant ma fille, et ses yeux si beaux grands marron et vert me donnaient raison, c'est ainsi que je voyais les choses, simplement.
La perspective de la venue de Marta le lendemain m'a mise de très bonne humeur soudainement, j'avais besoin de cette bonne humeur, et elle était là, grâce à Marta.
Je me suis vraiment sentie mesquine d'avoir élaboré des manigances, mais surtout, je n'avais pas été rigoureuse, voilà la vérité, je n'avais pas eu d'idées précises sur la façon dont j'aurais pu piéger Marta et c'était mieux ainsi.
Elle s'en sortait bien.
Je pouvais de nouveau regarder les meubles

sans arrière-pensée, mon esprit était clair, j'avais failli tomber dans son piège à elle.

Émile et Jules sont arrivés à l'heure en me faisant remarquer qu'ils auraient pu être en retard, mais que non, ils étaient à l'heure ; ils attendaient mes compliments, je les ai remerciés de leur ponctualité et leur ai demandé si leur ping-pong s'était bien passé.
Tennis de table, a corrigé Jules.
J'ai fait un super smash, a dit Émile, et il m'a montré son smash avec la raquette dans l'air, Jules a enchaîné avec un revers, et je voyais ce que j'avais désiré voir, ces images que j'avais imaginées deux heures plus tôt et qui arrivaient sans que j'aie à les demander, le bourguignon était au frigidaire, il suffisait de le faire réchauffer, Marta était ma fille, les carreaux de la salle de bains seraient nettoyés demain et j'avais un mari.
Vous savez, j'adorais jouer au ping-pong quand j'étais plus jeune.
Ah.
Tu jouais bien ? m'a demandé Émile.
Oui, je battais tous les garçons de ma classe.
Même les CM2 ?
Les CM2, les sixième, les cinquième, les quatrième...
Frimeuse, je te prends quand tu veux, m'a défiée Jules.

Mon pauvre lapin, si tu savais ! j'ai tout perdu, surtout dans les jambes, mais dans les bras aussi.
Ouh ! Elle se défile ! a crié Jules en me montrant du doigt.
Émile a pris ma défense : C'est vrai qu'elle a tout perdu, en plus, elle est tout le temps malade !
Mais ce n'est pas vrai, pourquoi tu dis ça ? ai-je demandé à Émile.
Émile a baissé la tête d'un air coupable, il m'a demandé s'il pouvait dire ce qu'il pensait, Tu peux tout dire, mon chéri, lui ai-je répondu en l'encourageant d'un sourire, et Émile a pris un ton très ennuyé pour me dire : T'es quand même maigre.
Mais pourquoi tu dis que je suis malade ? ai-je insisté.
Ben, quand on est maigre, on est malade ! maman dit toujours que les maigres sont des personnes malades, et moi, je croyais que c'est pour ça que tu voulais une femme de ménage.
Mais enfin, Émile, ta maman a bien une femme de ménage elle aussi, et pourtant, elle n'est pas maigre !
C'est vrai, a reconnu Émile, elle n'est pas maigre, ni grosse, elle est juste bien, elle.
Tu vois, a dit Jules, moi, je te l'avais dit, si elle ne veut pas jouer au tennis de table avec moi, c'est qu'elle a peur de perdre.
Malade et trouillarde, voilà ce que j'étais, mais il fallait se nourrir maintenant, faire réchauf-

fer le bourguignon sans le laisser brûler et donner le biberon à Marta qui s'accrochait à ma jambe comme une perdue, et j'avais suffisamment abusé de sa patience aujourd'hui, activons-nous, activons-nous, Mettez le couvert, les enfants ! ou plutôt toi, Émile, Jules débarrassera.
Et tout s'est fait comme je l'avais souhaité, dans l'harmonie, Marta a bu son biberon, Émile a mis le couvert et le bœuf s'est réchauffé juste bien, on allait passer à table.

Le téléphone a sonné, j'ai fait signe aux enfants de ne pas répondre.
Pourquoi on ne doit pas répondre ? a demandé Jules.
Je lui ai intimé l'ordre de se taire, comme si l'on pouvait nous entendre, et les enfants se sont tus, l'air inquiet, les yeux rivés sur moi.
Marta mettait ses légumes en plastique dans le petit seau, le repas était prêt, nous avions un papa et un mari quelque part dans Paris, et il allait rentrer, nous le savions tous, cela ne faisait aucun doute, nous étions bien ensemble, mais les sonneries du téléphone insistaient, quelqu'un cherchait à s'introduire chez nous.
Le répondeur s'est déclenché et les enfants ont tourné la tête vers l'appareil dans un même mouvement.
Il n'y a pas eu de message, tout est rentré dans l'ordre, on a enfin pu respirer.

Pourquoi tu n'as pas voulu qu'on réponde ? m'a demandé Émile, et il semblait si malheureux que moi aussi, soudain, je me suis sentie très triste.

Je voulais qu'on soit tranquilles, lui ai-je expliqué, que personne ne nous gêne, les gens vous dérangent pour un oui ou pour un non, et après, même quand on a raccroché, on reste dérangé.

Jules me regardait fixement, lui qui d'ordinaire fait courir son regard autour de moi, et j'ai senti qu'il me jugeait.

Moi, a sangloté Émile, je voulais savoir qui appelait, c'était peut-être un copain à moi qui n'a pas osé laisser de message, ou maman, je le dirai à papa que tu ne veux pas qu'on réponde au téléphone !

Pardon, mon lapin, je te promets que si le téléphone sonne de nouveau, je te laisserai répondre, oui, c'est promis, ai-je insisté pour faire disparaître toute trace de doute sur la figure d'Émile.

Jules continuait à me fixer étrangement.

Émile, tu me donnes ton assiette ? ce bœuf bourguignon me paraît excellent !

5

C'est l'heure où Marta tourne la clef dans notre serrure, et elle nous maudit de ne pas habiter une maison où la clef tourne sereinement, sans que l'on ait besoin d'y penser.
Je m'abîme les mains, se dit-elle, pour ouvrir une porte derrière laquelle m'attendent des choses sales et pas rangées, la femme de ménage le fera, c'est cela qu'ils pensent, et la femme de ménage, c'est moi, et dix euros, c'est peu pour un travail qui abîme à ce point une personne, et leur tête quand j'ai annoncé mes tarifs ! pour dix euros, ils s'attendent à ce que je donne mon dos, mes genoux, mes bras, mes ongles, mon sang, mes...
Le bruit de la tasse sur le comptoir me tire de ma rêverie.
À cette heure, moi, je suis dans ce bar, celui où je veux à tout prix me faire bien voir.
Et ce matin, ça ne marche pas, je veux dire que le serveur à collier de barbe me sert comme s'il

ne m'avait jamais vue auparavant, il y a beaucoup de monde, c'est vrai, et je lui trouve cette excuse pour éviter d'interpréter sa distance à mon égard.

Si j'étais Marta, je chercherais un moyen de me dédommager ; qu'est-ce qui vaut que l'on s'use les bras, les jambes, les mains, qu'est-ce que je prendrais, moi, en échange ?

Le serveur oublie mon verre d'eau, je le lui rappelle, en grimaçant un sourire pour lui signifier que j'ai conscience de le déranger ; j'exige un verre d'eau alors qu'il y a tant de monde à servir.

Et un verre d'eau ! dit-il sans état d'âme.

Il le remplit à ras bord et le pose devant moi sans me regarder, repartant déjà vers le percolateur en répétant à haute voix une commande : deux cafés, un crème, un noisette... alors, je décide d'attendre un peu que le bar se vide.

J'aperçois une mère de la crèche qui entre pour acheter des cigarettes, elle me voit elle aussi et me fait un signe, je lui renvoie son signe et elle s'approche, tout ce que je ne veux pas, elle est en train de commander un café, non, ce n'est pas possible, elle s'est postée à côté de moi au comptoir et soupire, c'est un soupir codé auquel je réponds ; je dois soupirer moi aussi, pour participer à la fatigue commune qui accable les mères.

Nos p'tits bouts, on les adore, mais le p'tit café

dès qu'on les a déposés à la crèche, on l'aime bien aussi, vous n'êtes pas d'accord ?
Je ne pouvais pas courir deux lièvres à la fois ; je poursuivais mon lièvre serveur et le lièvre que me proposait cette femme — C'est merveilleux, les enfants, mais qu'est-ce que c'est fatigant — ne m'intéressait pas.
J'aspirais à deux choses : susciter l'intérêt du serveur et penser tranquillement à Marta, deux projets qui pouvaient prendre du temps, me forcer à inventer un mensonge pour justifier mon retard au travail.
Mais si la nécessité de mentir s'imposait, ce ne devait pas être pour consacrer ce précieux temps à des bavardages futiles avec cette femme de la crèche.
La situation était grotesque.
Son café est arrivé, j'en ai commandé un autre en faisant un pas en arrière, de telle sorte que mon dos épousait la colonne, je cherchais ce que j'allais dire pour éloigner cette personne inconsistante qui traitait les enfants de p'tits bouts, je déteste aussi les puces, et tous les insectes de ce type, je préfère les lapins, les panthères, et même les rats.
J'appelle parfois ma fille mon rat, mais jamais ma puce, un rat, au moins, ça a de la gueule.
Elle a quel âge, la vôtre ?
Ce n'est pas la mienne, je l'ai volée, mais surtout, il ne faut pas que ça se sache.

Non, bien sûr, je n'ai pas assez de tripes pour répondre ce qui me passe par la tête, je me suis gentiment exécutée, j'ai renseigné la femme, j'ai même ajouté : Qu'est-ce que c'est mignon à cet âge-là, et j'ai pris l'air étonné quand elle m'a annoncé l'âge de sa fille, Que c'est amusant, elles sont du même mois ! — C'est vraiment un âge formidable, quand ils commencent à marcher — Oui, on ne les voit pas grandir — Mais c'est bien qu'ils grandissent ! — De toute façon, chaque âge est un âge formidable — Oui, la première année, c'est épuisant — Mais il paraît que la deuxième aussi — Vous savez, nous ne sommes pas au bout de nos peines ! et, ensemble, nous avons ri.

Pendant ce temps, Marta travaillait.

Je pensais à ses chaussons de mauvaise qualité, à ses mains gainées dans le plastique des gants roses, à son tablier, à la pince crabe qui relevait ses cheveux, et à son corps soumis aux positions qu'elle devait prendre pour rendre accueillant l'appartement que nous lui avions laissé.

J'ai été prise d'une folle envie de la voir, de lui parler, de lui dire de ne pas m'en vouloir, De quoi ? m'aurait-elle demandé, D'avoir douté de vous, Marta, aurais-je répondu en répétant la phrase : D'avoir douté de vous.

Marta aurait souri, C'est normal quand on ne connaît pas quelqu'un, après tout, vous me lais-

sez vos meubles, votre poussière, votre lit, les traces de votre dentifrice sur le miroir, vos poubelles.
Non, elle ne prononcerait pas ces paroles, bien sûr, c'était des choses qu'elle pensait, mais qu'elle ne pouvait me dire sous peine que je la renvoie. Marta était un peu lâche, mais elle n'était pas sotte.

La femme de la crèche m'abreuvait de récits sur les joies et les peines de l'enfance, sa première était déjà à l'école, sa deuxième pleurait encore la nuit, et tout en parlant, elle se rapprochait de moi ; elle me forçait à me pousser contre la colonne, moi aussi j'avais mal au dos, de quoi Marta se plaignait-elle ? moi aussi j'avais mes difficultés.
La femme a plongé dans son sac à la recherche d'un briquet, une cigarette éteinte pendant à ses lèvres, a relevé la tête et m'a tendu son paquet, Vous en voulez une ? Non merci, je ne fume pas, et j'ai profité de ce qu'elle aspirait sa première bouffée pour souffler moi aussi et décoller quelque peu mon dos de la colonne.

Marta frottait, rendait les choses comme neuves, et mon désir de la voir s'est manifesté à nouveau, plus calme, plus serein, je ne lui en voulais plus, je craignais simplement qu'elle ne découvre, dans le placard du haut de la salle de

bains, ma boîte à savons, oui, je collectionne les savons, c'est plus fort que moi, j'en ai des dizaines, les savoir là me rassure quand je perds le sens des choses, j'ouvre la boîte et le parfum du propre m'enivre, je m'abîme dans une contemplation qui ne réveille en moi aucune image, je m'apaise, je calcule ; j'ai de quoi me laver pour des milliers d'années.
Marta irait-elle jusqu'à aller chercher une chaise pour ouvrir ce placard ? non.
Mon mari a toujours ignoré la présence de ces savons (ils ne servent pas à notre toilette quotidienne) et pas une seule fois ne lui est venue à l'esprit l'idée d'ouvrir ce placard qui est réservé à mes affaires.

J'ai pu respirer à nouveau.
Je me suis surprise à trouver, en examinant ses traits de mémoire, Marta belle, et j'ai été étonnée de me l'avouer seulement maintenant, devant mon deuxième café, Marta était belle, cela sautait aux yeux, quand on était loin d'elle.

La femme de la crèche a répondu à une question que je n'avais pas conscience de lui avoir posée, peut-être avais-je continué la conversation sans m'en rendre compte.
Gwenaëlle, on est bretons.
C'est très joli.
Et la vôtre ?

Marta.
C'est beau, c'est d'origine allemande ?

Nos origines ne regardent personne, disait Isabelle, et puis tu n'es pas juive, ton père n'est pas juif, et ce n'est pas parce que tu t'appelles Goldman, comme moi, que tu es juive, tu portes mon nom car Simon n'a pas voulu te reconnaître, il t'a accordé peu de temps, tu as été sa fille jusqu'à vingt mois, c'est tout, moi, je n'ai pas eu le choix, tu étais dans mon ventre, et puis Simon est parti à cause de toi, tu n'as pas été capable de le retenir.
Ne pleure pas, ma chérie, je t'aime, je dis parfois des choses, et puis je regrette, je suis tellement heureuse d'être avec toi, rien que toutes les deux, on ne nous séparera jamais, on restera ensemble tout le temps, tu es ma petite fille chérie, ma Sandra, ce n'est pas ta faute, si tu es née comme ça entre Simon et moi, c'est la vie, Simon ou toi, un amour contre un autre, au fond, quelle importance ?
Je serrais Lapin contre moi, c'est Marta ma grand-mère qui me l'avait offert, l'accès de notre maison lui était refusé, comme aux autres, et elle avait menacé Isabelle de tout faire pour lui retirer la garde de sa fille, moi, mais Isabelle avait tenu bon et sa mère ne l'avait pas dénoncée.
Quand nous allions en visite chez elle, Marta ma grand-mère me répétait souvent : Tu es ma

petite Juive préférée, je l'aimais comme je n'ai jamais aimé personne.

Non, c'est juif polonais.
Ah bon, je ne pensais pas.
J'ai payé mes cafés et me suis engouffrée dans le métro, souillée.

Le soir, je suis entrée chez moi en fermant les yeux.
J'attendais tant et tant de Marta qu'un instant j'ai imaginé qu'elle avait pu faire de notre appartement un endroit autre, un lieu où chaque chose serait telle que je l'aurais voulue, sans pour cela avoir eu besoin de réfléchir, de trancher.
Je n'avais pu décider de rien quand nous nous étions installés, trop d'espace, trop de monde, trop de choses, il m'avait été impossible de me dire : oui, à cette place, c'est exactement là que je veux cet objet, faire un pas en arrière, être contente de moi, de mon goût, de mon choix, fermer les yeux et les rouvrir, ce n'est pas un rêve, c'est moi qui ai fait ça.
Fermer les yeux, c'est ce que j'ai fait en entrant, mais quand je les ai rouverts, ce que j'ai vu, c'est du ménage, rien d'autre.
Marta me décevait.

Mon regard a tout de suite été attiré par le désordre qui régnait dans l'agencement des éponges : l'éponge bleue était posée sur l'égouttoir de gauche tandis que la rose reposait sur celui du milieu, quant à la verte, elle était tout simplement posée à côté de l'évier et son égouttoir vide évoquait un nid déserté.
Je me suis précipitée vers le placard à éponges pour remplacer par des éponges neuves celles dont je ne savais plus à quoi elles avaient servi.
Puis je vis les miettes.
Qu'est-ce que c'est que ça ?
Ma voix m'échappait, je m'en rendis aussitôt compte à la façon dont mon mari se trouva planté devant moi, le front barré d'un pli qui n'augurait rien de bon, qui attendait une explication à cette question que je venais de poser avec ma voix qui m'échappait.
Oui, ces miettes, là, ai-je dit en reprenant un ton plus adéquat, qu'est-ce qu'elles font ici ?
Les enfants ont pris leur goûter, est-ce qu'on va leur interdire de goûter, maintenant ?
Bonjour ! a lancé Émile en entrant dans la pièce et en me tendant sa joue.
Je l'ai embrassé.
Tu n'es pas contente parce qu'on a fait des miettes ?
Non, je n'étais pas contente, la vue des miettes me rend nerveuse, je peux même dire qu'il m'est impossible, quand je vois une miette, de

ne pas la ramasser immédiatement, quitte à le faire discrètement si un étranger est dans la maison, entre un mouton et une miette, je n'hésite pas, c'est la miette, la miette me nargue, née d'une dislocation, marcher sur une miette est terrible, ça crisse, ça se multiplie, j'ai toujours trouvé ignoble cette façon qu'ont les gens de manger sans faire attention aux miettes, il est arrivé que je me fasse violence pour ne pas quitter la table au moment du dessert, mais je suis obligée de lutter contre cette aversion pour ne pas priver ma fille de gâteau, elle adore les Gavottes, ma chérie, et les Gavottes font mille miettes qui collent aux vêtements, au sol, aux draps, il faut parfois être capable de faire des sacrifices.
Je me suis dirigée vers le placard pour en sortir la balayette et la pelle, et j'ai fait le petit coin des miettes sans ajouter un mot, Émile insistant pour connaître la cause de mon mécontentement et mon mari mettant fin à la situation en envoyant son fils dans sa chambre pour qu'il finisse ses devoirs.

Voilà, il n'y avait plus de miettes, plus une seule. Ces miettes étaient venues s'interposer entre mon désir de voir autre chose, pas du ménage, non, ce miracle auquel je m'étais attendue avant d'entrer chez moi, et le constat d'un appartement qui avait si peu changé, rendu plus propre, certes, mais pas transformé comme dans mes rêves.

Et des miettes, il y en aurait toujours, tout le temps, et je ne pouvais obliger personne à manger des gâteaux au-dessus de l'évier, ou en mettant la main sous le menton, sous peine de passer pour une personne dérangée, j'avais fait tant d'efforts pour cacher à mon mari cet aspect de moi lorsque nous nous étions rencontrés, et je voulais tellement qu'il ne pense pas que j'étais maniaque, je priais pour que jamais mon mari ne découvre qui j'étais dans mes plis.

Devenir indifférente aux miettes avait fait partie de mon programme de bonnes résolutions quand j'étais entrée en famille, mais je n'ai pas tenu, je veux dire, j'en ai les boyaux noués, de voir des miettes.

Je traquai la présence de Marta pendant l'heure qui suivit, dans tous les coins, l'air de rien, je ne voulais pas que mon mari me surprenne dans cette activité, il traitait un dossier important, m'avait-il prévenue, de ceux où une erreur de virgule pouvait lui coûter sa place, Marta babillait en tapant deux cubes l'un contre l'autre et les garçons vaquaient dans leur chambre.

J'y suis entrée, dans leur chambre, pour demander à Jules et à Émile s'ils avaient besoin d'aide ; ils ont eu l'air surpris que je m'intéresse soudain à leurs devoirs, et j'ai profité de cette visite pour vérifier que les vitres de leur fenêtre n'avaient pas occupé Marta trop longtemps, non, elles étaient toujours aussi sales, un bon point pour elle.

Je pensai à Grincheux.

J'ai sorti tous les petits personnages du conte de leur maison, priant pour que Grincheux se trouve parmi eux, Marta l'aura ramassé sous le canapé et aura bien compris que sa place était ici, oui, elle l'aura forcément compris ; bon, voyons : la sorcière et l'atroce belle-mère attachées par la ceinture en une marionnette, une seule et même personne, ces deux-là, la pâle Blanche-Neige, le roi, et les nains, nous y voilà, Timide, Joyeux, Dormeur, Prof, Atchoum et un sixième dont j'avais oublié le nom, mais de Grincheux, pas.

Donc Grincheux ne pouvait être que sous le canapé, parce que si Marta l'y avait trouvé, elle l'aurait renvoyé chez lui, dans sa maison de Blanche-Neige.

J'avoue que ce jour-là j'avais pensé à Grincheux sans répit toute la journée, et moi qui avais renoncé à poser des pièges, j'étais allée jusqu'à chercher des renseignements sur Internet : *Blanche-Neige* est un conte très connu en Pologne.

J'ai installé chaque marionnette au bout de mes doigts, sauf la sorcière-belle-mère-une-seule-et-même-personne qui n'offre pas de prise, et

Émile, encore lui, m'a surprise dans cette étrange attitude : je bougeais les doigts et nommais les nains à voix basse, essayant ainsi de me souvenir du nom de ce nain-là.
C'était aussi pour moi une manière de ne pas me confronter trop tôt à la difficile évidence que Marta ne déplaçait pas les meubles quand elle passait l'aspirateur.
Tu fais quoi ? m'a demandé Émile.
Je joue, lui ai-je répondu.
Tu joues sans Marta ? a insisté Émile.
Pour une fois que Marta joue dans son coin, je ne vais pas la déranger, mais puisque tu es là, tu vas me dire comment s'appelle celui-là.
Émile, content que je fasse appel à ses connaissances, a examiné le nain longtemps, silencieusement, pour finalement m'avouer que, justement celui-là, il ne connaissait pas son nom.
Et tu peux dire le nom des autres ? lui ai-je demandé sans quitter les nains de mes doigts.
Lui, c'est Timide, il est rouge, c'est rigolo, lui, c'est Joyeux, ça se voit, il rigole, lui, c'est Dormeur, ça se voit, il ferme les yeux, lui, c'est Prof, il a des lunettes, et lui, c'est Grincheux...
Mais non, voyons, tu te trompes !
Je suis sûr que c'est Grincheux, d'abord, a dit Émile en tapant du pied, ce qui n'était pas dans ses habitudes, mais mon ton l'avait choqué, je crois que j'avais assené mon « Tu te trompes » avec méchanceté, j'oubliais qu'Émile était Émile,

que moi, j'étais moi, et tous ces personnages, Marta femme de ménage, Marta ma fille, les sept nains et Blanche-Neige, notre appartement et mon mari, la sorcière-belle-mère-une-seule-et-même-personne, formaient un ensemble dont la logique m'échappait, c'était beaucoup trop compliqué pour moi, oui, beaucoup trop.
J'en avais la tête qui tournait.
Mais on a beau avoir la tête qui tourne, un enfant est un enfant, et j'aime Émile, me disais-je, sur le point de m'évanouir, je ne peux pas lui faire ça, m'évanouir devant lui parce qu'il s'est trompé de nain.
Mon chéri, que fait ce nain à ton avis ? lui ai-je demandé doucement, dans l'espoir que ma voix l'apaise et m'apaise.
Il se mouche, m'a répondu Émile, sûr de lui.
Bon, alors, réfléchis bien, s'il se mouche, comment peut-il s'appeler ? prends ton temps, réfléchis bien, et surtout, ne t'énerve pas.
Qu'est-ce que vous faites ? a demandé mon mari, que la situation inquiétait ; son bureau n'ayant pas de porte, il pouvait entendre tout ce qu'il se passait dans la pièce principale, une sorte de hall, devrais-je dire plutôt.
On cherche le nom des nains, a répondu Émile, mais ça va, s'est-il empressé d'ajouter, sentant son père anxieux, car je crois que le jeu l'amusait vraiment et qu'il n'avait pas envie d'être interrompu, malgré les difficultés.

Et il faut se fâcher pour trouver le nom des nains ? a dit mon mari en retournant dans son bureau, n'attendant pas de réponse, bien sûr.
Atchoum ! a crié Émile qui venait d'avoir une révélation.
Très bien, mon chéri, j'avais donc raison, ce n'était pas Grincheux, mais alors comment s'appelle celui-ci ? l'ai-je interrogé en désignant le nain dont je n'avais pas réussi à trouver le nom.
On va demander à papa, je suis sûr qu'il sait.
Mais le cliquetis du clavier ne nous invitait pas à questionner mon mari pour le moment.
On lui demandera plus tard, laissons ce nain de côté et occupons-nous de Grincheux, tu as une idée de l'endroit où il a pu se cacher ?
Ça, je ne sais pas, a dit Émile en haussant les épaules.
Nous allons chercher Grincheux ensemble, tu veux bien ?
Bof, a répondu Émile, je ne suis plus un bébé, et puis j'ai du travail, moi.
Émile est reparti dans sa chambre, me laissant avec mon histoire de nain sous le canapé, chacun était à sa place, les enfants faisaient leurs devoirs, mon mari travaillait, ma fille babillait, seuls Grincheux et moi n'y étions pas, à notre place, et que faisait Marta pendant ce temps-là ? Peut-être était-elle assise sur le bord de son lit (puisque sans fauteuil), rêvant, seule ? seule, évidemment.

Je me suis précipitée vers la penderie de notre chambre et en ai sorti un manteau, long, noir, avec des tonnes de petits boutons et un col en fausse fourrure frisée.
Très bel habit, vraiment, seulement, les boutons nombreux et petits (mais c'est ce qui fait tout le charme du manteau) obligent à consacrer du temps à la fermeture du vêtement, et avec un enfant, le matin, non, c'était devenu tout bonnement impossible.
Je l'observais sous toutes les coutures, ce manteau que j'avais aimé, il n'était pas usé, pas sale, je l'avais porté cependant, une vague odeur de Cristal peut-être, mais c'était mon parfum après tout, je n'y pouvais rien, je n'allais pas le porter au pressing pour cette odeur, ce serait ça ou rien, car, oui, je venais de décider que Marta porterait ce manteau cet hiver, je pensais qu'il lui irait très bien, elle était fine et élancée, comme moi, nous avions finalement des silhouettes assez proches.

Je pliai le manteau avec soin et le glissai dans un joli sac en papier glacé rouge, sans inscription, avec des cordons tressés noirs, un sac que j'aimais beaucoup (je fais la collection des beaux sacs), et me dis : Ça suffit maintenant, tout ce cirque pour un nain égaré sous le canapé, ressaisis-toi, idiote, va récupérer Grincheux, tu expliqueras tranquillement à Marta qu'il faut passer l'aspirateur sous les meubles, il faut pouvoir dire les choses, elle a peut-être oublié, ou n'a pas eu le temps, n'en fais pas un drame, et pas un mot à ton mari.

Très contente de moi, je suis revenue dans la pièce principale et j'ai foncé directement vers le canapé pour le décoller du mur et constater que les moutons étaient bien là.

Les moutons, oui, mais pas le nain.

6

Maman !
Isabelle n'aimait pas répondre tout de suite quand je l'appelais, elle était ailleurs, et j'avais appris cela d'elle, que l'on peut être ailleurs tout en étant là.
Ma maman !
C'était plus long de prononcer « ma maman », je durais dans ma demande, il m'arrivait parfois, je m'en souviens, de répéter cinq ou six « ma » devant « maman », et d'entendre ma mère dire à haute voix, comme si elle s'adressait à quelqu'un : Cette gosse est débile, puis, prenant conscience que nous n'étions que toutes les deux, elle rectifiait à mon intention : Ma petite débile, je t'aime pourtant.
Ce jour-là, j'ai dû insister longtemps avant qu'Isabelle ne m'entende, elle devait revenir d'un rêve très lointain, et quand enfin son regard s'est posé sur moi, je me suis sentie infiniment seule.
Je ne trouve plus Lapin !

J'avais sans doute crié un peu trop fort car Isabelle a fait une grimace et je n'ai pas eu de réponse.

Lapin, je l'avais cherché partout, sous mon lit, dans mon lit, dans mes tiroirs, derrière les portes, dans le panier à linge, sous tous les meubles.

Et que puis-je y faire, moi, si tu as perdu Lapin ? a-t-elle consenti à me dire.

Je ne répondais pas, je regardais par terre ; avec Lapin sous le bras, je me sentais forte, mais sans lui, Isabelle me faisait peur.

Isabelle s'est mise à éplucher des pommes de terre et des carottes pour faire une soupe, sa spécialité.

Tout en épluchant, elle me parlait, À ton avis, où peut-il bien être ? tu as cherché partout ? es-tu bien sûre de ne pas avoir ouvert la porte à quelqu'un pendant que j'étais sortie ? tu sais que tu ne dois ouvrir la porte à personne, même pas à Mme Lagier, tu sais que...

Je n'écoutais plus, je pensais à Lapin, je me disais que si je ne le retrouvais pas, je partirais loin, je marcherais pendant des kilomètres sans manger et sans boire, et puis je mourrais.

... et que personne ne doit savoir où tu habites, pas même tes petites curieuses de copines, et tiens, au fait, tu ne crois pas que tu es un peu grande pour traîner ce lapin avec toi ? tu lui suçotes les oreilles, et franchement, je trouve ça répugnant, c'est pour ton bien que je l'ai mis à

la poubelle, oh ! ne regarde pas en direction de la poubelle, je l'ai vidée ; Lapin fait un long voyage vers la décharge publique.
Il y a eu un très grand silence dans ma tête.
Ne prends pas cet air-là, ce n'est qu'un lapin, et en peluche de surcroît, ton grand-père, lui, il l'a fait ce voyage, et ce n'était pas un lapin, et il n'était pas en peluche.
Isabelle est partie d'un rire extraordinaire, mais je n'entendais rien, je voyais sa bouche ouverte, l'un de ses yeux à demi fermé, j'ai profité de ce silence dans ma tête pour foncer sur elle et pour la mordre au bras, son hurlement de douleur me poursuit encore aujourd'hui, je l'entendais résonner dans mes oreilles tandis que je repoussais d'un geste brusque le canapé contre le mur, au moment où mon mari entrait dans la pièce.
Tu cherches quelque chose ? m'a-t-il demandé, tu es en train de vérifier que Marta a bien travaillé ?
Tout est parfait, ai-je assuré.
Tu doutais, avoue.
Non, je ne doutais pas, Marta est très bien, je crois, je m'enferme une minute, je dois passer un coup de fil.
On va bientôt manger, et puis ce serait peut-être bien de changer Marta, de préparer son biberon, regarde-la, on dirait qu'elle dort debout, elle n'a même plus la force de...

Oui, après, je passe d'abord ce coup de fil.
Bon, a dit mon mari, je lance le repas.
Mon mari cuisine tous les soirs de la semaine où ses enfants sont là, l'autre semaine, il ne « lance » rien, moi non plus, et nous nous retrouvons souvent à manger des bouts de saucisson et des morceaux de fromage sur un coin de table en regardant les infos, ou chacun dans sa pièce, lui devant ses dossiers, moi devant mon ordinateur, depuis que j'ai Internet, je passe ma vie à interroger la météo dans tous les pays d'Europe.
J'ai fermé soigneusement ma porte pour téléphoner à Marta sur son portable, elle n'a pas de fixe.
Elle a décroché tout de suite : Allô ? (elle n'était pas chez elle, le bruit des voitures indiquait qu'elle se trouvait dans la rue, une rue bruyante).
Marta ? C'est moi, Sandra Bertaud.
Ah ! Bonjour, madame.
Je ne vous dérange pas ?
Non, non, pas du tout.
Voilà, je vous appelle parce que... c'est un peu compliqué...
Je ne vous entends pas très bien, vous pouvez parler plus fort ?
Non, je ne pouvais pas parler plus fort, mon bureau jouxtant la cuisine, je ne voulais pas que

mon mari entende ce dont je devais m'entretenir avec la femme de ménage.

Vous préférez que je vous rappelle plus tard ?

Il y a quelque chose qui ne va pas ? m'a demandé Marta.

Non, Marta, tout va bien, seulement, je voulais juste savoir si vous n'aviez pas trouvé une petite marionnette à doigt, un nain, en fait, vous savez, ces petits personnages que l'on installe au bout des doigts pour faire rire les enfants...

Je ne vous entends pas très bien... un nain ? je ne comprends pas.

Marta, voulez-vous que je vous rappelle plus tard ?

C'est moi qui vais le faire, a dit Marta avec une voix soudainement devenue autoritaire, me laissant penser, pour la seconde fois, que j'avais tort d'imaginer que je ne courais aucun risque avec elle.

Depuis le moment où je l'avais laissée franchir le seuil de ma maison, j'étais en danger et je luttais contre moi-même pour ne pas en avoir le cœur net.

Marta, au téléphone, me faisait peur.

D'accord, mais vers quelle heure pensez-vous...

Je vous rappelle, a répété Marta, et elle a raccroché.

Nous avons dîné, mon mari avait fait des pâtes à la bolognaise.

Marta était propre, je l'avais installée sur mes genoux et la nourrissais en même temps que je mangeais mes pâtes, les enfants parlaient d'Antoine, un garçon qui faisait du racket à l'école d'Émile et un débat sur cette question était lancé.
Antoine, il faisait déjà sa loi l'année dernière, a dit Jules, et il y avait des CM2 qui avaient peur de lui, alors que lui, Antoine, il était en CM1.
Et toi, tu avais peur ? a demandé son père sur le ton de celui qui connaît la réponse.
Oui, une fois, a répondu Jules.
Bonne réponse, c'est normal d'avoir peur, et maintenant, nous pouvions envisager les solutions pour se faire respecter sans se faire casser la figure, une discussion importante à laquelle je me devais de participer, mais les bras m'en tombaient, nous avions déjà passé une soirée entière à parler de cette question-là à Saint-Brieuc, le seul soir de ces longues vacances de Pâques où j'avais obtenu que l'on aille au restaurant, une crêperie en fait, les enfants voulaient manger des crêpes.

Le téléphone pouvait sonner d'un instant à l'autre, je n'arrivais pas à me concentrer, Marta empoignait couteaux et fourchettes, Non, ma chérie, tu reposes ça tout de suite, tu vas te blesser, tu n'as pas faim, mon amour ? et moi non plus, je n'avais pas faim, Jules s'est levé pour aller chercher une photo de classe, il voulait nous montrer Farid, le type qui s'était fait voler son walkman par Antoine, mais il ne retrouvait pas la photo parce que sa chambre était trop bien rangée, Ah ! c'est vrai, la femme de ménage est venue, a-t-il conclu, et l'on en est restés là.

Mon téléphone portable a sonné, j'ai flanqué ma fille sur les genoux de mon mari et je me suis précipitée dans mon bureau pour répondre.
Ce n'était pas Marta, c'était la Fnac qui s'excusait d'appeler si tard et qui nous prévenait que l'appareil photo en réparation était prêt.
Je ne pouvais pas rester dans cet état, je devais vérifier les carreaux de la salle de bains et voir où en étaient les moutons dans notre chambre, pas dans celle des enfants qui était parfaitement rangée et qui, j'en avais eu le pressentiment à l'instant même où je sortais du bureau en déclarant que l'appareil photo était prêt, serait, elle, toujours parfaitement rangée.
Je pensai à Grincheux, caché dans la maison, ou peut-être même pas, sorti de la maison, et alors, si c'était le cas, il était inutile que je me mette à le chercher.
Grincheux n'était plus dans aucune maison, ni dans sa maison de tissu, ni dans la nôtre, j'en avais maintenant la conviction, mais il fallait que je m'occupe de Marta, elle pleurait sur les genoux de mon mari qui s'impatientait parce

que j'avais les yeux dans le vague, Et toi, m'a demandé Émile, tu t'es déjà fait racketter ?
C'est au moment où je préparais Marta pour la nuit que mon portable s'est remis à sonner, que mon mari a décroché, il décroche quand il me sait occupée, c'est moi qui le lui ai demandé.
Oui, oui, je vous la passe, c'est Marta, tu prends ?
Non, je m'occupe de Marta, je ne peux pas lui parler maintenant, dis-lui que je la rappelle.
Mon mari a quitté la pièce, mais il a continué à parler, et je ne comprenais pas un traître mot de ce qu'il racontait, une intonation parfois m'indiquait qu'il portait dc l'intérêt à ce qu'il entendait, je brûlais d'envie de savoir ce qu'ils pouvaient bien se dire, ce qu'elle lui expliquait, peut-être même Marta était-elle en train de me dénoncer, moi et mes manières sournoises pour savoir si oui ou non elle déplaçait les meubles quand elle passait l'aspirateur.
Je ne pouvais pas continuer comme ça.
Marta, m'a annoncé mon mari en venant me rejoindre près de la table à langer, ne pourra pas venir le mercredi 18, pas le prochain mais l'autre, parce qu'elle emmène sa mère à l'hôpital pour des examens, je lui ai dit que ça ne posait pas de problème, évidemment, et puis elle a aussi dit que tu t'inquiétais pour une marionnette, qu'elle n'avait pas bien compris, et que tu pouvais la rappeler à ce sujet, c'est quoi, cette histoire de marionnette ?

Elle avait parlé.
Au fait, papa, il s'appelle comment, ce nain ?
Émile avait enfilé le nain sans nom sur son index et le remuait maintenant de telle sorte qu'il hochait la tête.
À voir la tête qu'il fait, a répondu mon mari, j'opterais pour Simplet.
Oui, il a l'air bête, a convenu Émile, et il m'a regardée, j'avais les yeux rivés sur son doigt, je ne m'occupais plus des fesses de ma fille, j'ai même imaginé une fraction de seconde que c'était Émile qui avait caché Grincheux.

J'avais chaud, j'avais envie de voir Marta ma grand-mère, pour qu'elle me rassure, qu'elle me dise que parfois, quand on est très fatigué, il arrive des choses terribles, et que ces choses terribles ne sont rien, rien du tout, juste de la fatigue, la fatigue et les choses terribles vont ensemble, il faut juste se reposer et tout redevient normal.
Mais Marta était morte, maintenant.

J'ai supplié mon mari de finir de s'occuper de notre fille et de la mettre au lit, je viendrais lui dire bonsoir, mais là, tout de suite, il fallait que je m'allonge, je ne savais pas ce que j'avais, la tête me tournait, Mais oui, va te reposer, tu es toute blanche, a accepté mon mari.
Tandis que je me passais de l'eau sur le visage,

mes gestes étaient très lents, comme détachés de l'intention que j'avais de me rafraîchir, je traquais, sur l'immense miroir qui recouvrait une grande partie du mur de la salle de bains, au-dessus de nos deux lavabos massifs, la trace d'un minuscule jet de dentifrice qui aurait pu échapper à Marta, mais le miroir était immaculé.

Marta faisait parfaitement les miroirs.

C'est aussi ma spécialité, les miroirs, je les laisse s'opacifier le plus longtemps possible pour la joie que j'éprouve à retrouver intact le reflet de chaque chose, et c'est un grand plaisir procuré par peu d'effort, les produits pour les vitres étant ce qu'ils sont, très efficaces, il faut juste choisir un chiffon qui ne peluche pas, une peau de chamois.

Les beaux miroirs piqués du siècle dernier me rendent malade.

Celui que Marta ma grand-mère m'avait légué resterait enfermé sous son papier bulle, je ne m'en séparerais jamais, je le garderais bien emballé, à l'abri des regards.

J'étais rafraîchie.

Le fauteuil vert prenait une place phénoménale dans notre chambre, nous y laissions traîner des affaires, il nous servait de valet, faute de mieux.

J'ai poussé les affaires et je m'y suis laissée tomber, les deux bras sur les accoudoirs, les fesses

bien au fond et la tête en arrière : une vraie position.
Mais je n'ai pas pu rester longtemps installée comme ça, ce n'était pas *ma* position, je ne pouvais d'ailleurs pas m'empêcher, pendant le temps que je suis restée assise, d'évaluer le nombre de minutes où je profitais du fauteuil, peut-être une cinquantaine sur l'année, et je jugeais que cette cinquantaine de minutes ne justifiait pas l'encombrement dont nous souffrions, mon mari et moi.
Ce serait le fauteuil de Marta, elle profiterait du meuble mieux que moi, elle ne s'y épuiserait pas en calculs mais ferait reposer ses membres, elle saurait s'y abandonner, oublier toutes les positions de sa journée, oublier les appartements, les produits, oublier la saleté.
J'insisterais, je verrais bien.
Je pensai à la bague, mais je n'avais pas de doute sur le fait qu'elle se trouvât exactement à l'endroit où je l'avais mise, dans le tiroir de la table de nuit, malheureusement aucun doute, mais peut-être que c'était mieux ainsi, les choses terribles et la fatigue s'éloignaient, tout reprenait un tour plus normal.
Non, ce n'était pas dans le tiroir de la table de nuit que j'avais mis la bague, j'avais changé d'avis, je m'en souvenais maintenant, mais je ne savais plus quel endroit j'avais élu, j'y repenserais plus tard.

Me pencher pour compter les moutons était au-dessus de mes forces, j'ai laissé errer mon regard vers le sol.

C'est là que je l'ai vue.
Sombre, presque noire en son centre, puis décroissant dans les tons gris en cercles incertains, s'élargissant jusqu'à se confondre, sur les bords, avec la couleur beige de la moquette, une tache.
Du côté où je dors, exactement où je pose mon pied quand je me lève, menaçante parce que incompréhensible, échappant à toute hypothèse plausible, pas si imposante que l'on pourrait l'imaginer, mais là.
J'ai détourné la tête, gardant en mémoire l'effet que la tache venait de produire sur moi pour vérifier que ce n'était pas une hallucination ; j'ai regardé de nouveau : la tache avait pris de l'ampleur.

Mon mari était dans la chambre, je ne l'avais pas entendu entrer, il me parlait, me demandait si la tête me tournait encore.
Regarde, lui ai-je dit en désignant la tache.
Tiens, qu'est-ce que c'est que ça ? s'est-il étonné.
Ce n'est pas toi, n'est-ce pas ?
Non, c'est bizarre, on essaiera de la faire partir avec du produit pour moquette.
Oui.
Tu te sens mieux ?

Oui, ça va, maintenant, je vais embrasser Marta. Elle s'est endormie, ses journées à la crèche l'épuisent, toi aussi, tu sembles épuisée, je ne sais pas ce qui te fatigue à ce point, d'autant que maintenant nous avons une femme de ménage.

7

J'attendais Marta.

La maison était vide, je m'étais arrangée pour conduire ma fille très tôt à la crèche afin d'avoir le temps de nettoyer avant son arrivée, et j'avais prévenu la veille que je serais absente toute la matinée.

Mon mari était parti travailler et je ne l'avais pas informé de ma décision de rencontrer Marta, mais il ne s'agissait pas à proprement parler d'une décision.

Je pourrais presque dire que j'ignorais moi-même ce que je faisais ici, à attendre la femme de ménage.

Il faut, me disais-je, que je concentre mon attention sur les premiers mots que j'adresserai à Marta quand elle ouvrira la porte, les premiers mots donnent le ton d'une conversation, il faut que je prépare mes mots.

Mais j'oubliais de les préparer, occupée que j'étais à frotter, sur le bord de l'évier, une petite tache blanche qui refusait de disparaître complètement.

Quand je m'éloignais, je pouvais penser que j'en étais arrivée à bout, mais dès que je m'approchais, la tache réapparaissait, très pâle, presque transparente, mais c'est ce « presque » qui me sautait aux yeux, et c'était encore pire qu'avant, quand la tache était bien visible, circonscrite, nette.

Maintenant, les contours étaient flous, et surtout, je me demandais quelle sorte de produit ou de saleté pouvait à ce point résister au Cif, il ne faudrait pas que j'oublie d'en parler à Marta, elle pourrait peut-être avoir une idée, il faudrait qu'elle ait une idée, oui, elle me devait bien ça.

Neuf heures moins vingt, j'avais encore le temps de nettoyer nos bols du matin, je ne voulais pas que Marta découvrît les traces de notre saleté complice, car ni mon mari ni moi ne lavions nos bols le matin, et nous les réutilisions le lendemain, buvant l'un dans le bol de l'autre, l'autre dans la crasse de l'un, notre façon de nous dire bonjour comment ça va sans prononcer un mot ; mon mari et moi parlions peu.

Je désencrassais.

J'avais l'impression d'une infidélité, je brisais un lien, ou que sais-je encore de ce que je fai-

sais ce jour-là, en lavant les bols, en attendant Marta.
Par quoi allais-je commencer ? par le fauteuil, par le manteau, ou par Grincheux ?
Grincheux avait-il fini lui aussi dans une poubelle ?
J'ai repensé à Lapin, il était quelque part, lui ou ses restes, et j'ai senti les larmes monter, était-il possible qu'il me manquât encore ?
Je n'enverrais jamais Doudou en... mais c'était idiot, cette pensée qui m'avait traversée, sans rapport avec ma volonté de mettre les choses au clair avec Marta.

J'étais anxieuse, comme on peut l'être avant certaines rencontres que l'on appréhende sans que l'on puisse s'expliquer pourquoi.
Je me suis souvenue de l'inquiétante rencontre avec Isabelle, c'était la première fois que j'avais rendez-vous avec elle.
Avec sa mère, on n'a pas rendez-vous.
Épinay-sur-Seine, à l'entrée du Paradis, je ne voulais plus avancer, j'avais peur, je n'avais pas envie de fouler la pelouse du grand jardin dont Isabelle me parlait dans ses lettres, je ne voulais pas rencontrer la foule d'amis qu'elle s'était faits, ni croiser le docteur dont elle me disait tant de bien, son nom, je l'ai oublié, mais il me semble aujourd'hui qu'il évoquait la pierre, une forme douce qui caressait la pierre, peut-être

était-ce Rondepierre, ou quelque chose comme ça.
C'était la première fois qu'elle pouvait recevoir de la visite, et sa visite, c'était moi ; nous ne nous étions pas vues depuis que j'avais planté mes dents dans son bras, mes dents dans son bras l'avaient rendue folle, c'est ce qu'elle a prétendu quand la police, alertée par les voisins, a défoncé la porte et m'a ramassée, j'étais bleue, paraît-il.

Marta ma grand-mère m'accompagnait au Paradis, elle s'occupait de moi maintenant et je vivais chez elle, j'avais appris à connaître celle qui jamais n'avait pu pénétrer chez nous du temps où Isabelle faisait la loi.
J'aimais ma grand-mère Marta, et quand elle est morte, j'ai appris le point de croix, c'était sa grande tristesse que je ne sache pas faire le point de croix, alors, en apprenant à faire le point de croix, j'ai eu le sentiment que je me rapprochais d'elle, moi qui ne crois pas que les morts nous entendent — et je suis désespérée à l'idée que les morts ne puissent pas nous entendre —, pourtant, ce point de croix m'a sauvée de cette folie qu'est la peine infinie.

C'est à ma grand-mère que j'ai pu dire : Non, j'ai peur, je ne veux pas entrer, je ne veux pas voir les fous, je veux rester avec toi toujours.

Marta m'a caressé la tête et m'a prise dans ses bras, et nous sommes entrées ainsi dans le jardin des fous, moi dans ses bras, la tête nichée dans son cou, et elle me chuchotant des mots d'amour pour me donner du courage, et puis elle m'a dit ces paroles : Ta maman est ma petite fille, je l'aime de tout mon cœur, elle a eu une vie difficile, et toi aussi tu as une vie difficile, et je t'aime de tout mon cœur.
Le mot « cœur » ainsi répété par ma grand-mère me donnait la nausée, et aujourd'hui encore, je ne peux le prononcer sans un certain dégoût, pourtant, je dis à ma fille : Tu es mon cœur, c'est le mot qui me vient.
Je faisais cœur avec Isabelle, voilà ce que j'entendais, et pour détacher mon cœur du sien, j'allais devenir quelqu'un d'autre ; plus tard, je serais journaliste ; Isabelle avait horreur de ceux qui fourrent leur nez partout.
Ce projet m'a soutenue jusqu'au pavillon, et dans le hall, Isabelle amaigrie nous attendait, maintenant qu'elle était chez les fous, je la voyais folle, moi qui pensais qu'elle avait toujours raison, même quand elle m'interdisait de parler aux autres, je croyais que c'était pour mon bien, pour notre bien, pour le bien de tous les Juifs du monde, mais non, elle était seulement folle, et je n'avais pas le droit de le dire, on m'avait prévenue, je ne devais jamais prononcer ce mot-là.

Les bols lavés, il ne restait plus rien à faire, c'était presque trop propre, mais j'avais commencé le travail la veille : passer l'aspirateur, faire table rase de toutes les cochonneries qui traînent sur les plans de travail, les papiers de bonbons, les paquets de gâteaux éventrés, les épluchures, les bouteilles vides, les emballages vides, tout ce vide qui pollue l'espace en le rendant vivant, désagréablement vivant.
Je veux du propre, Marta, je veux que vous m'effaciez tout ça.
Je ne savais plus quoi faire, je parcourais les pièces de l'appartement en traquant les traces de vie qui auraient pu m'échapper, mais j'avais été très efficace, très motivée, et franchement, j'avais accompli un travail énorme : même les appliques étaient brillantes, dégagées de toute poussière, et les plinthes aussi, et les barreaux des chaises, et personne n'aurait pu dire en entrant dans cette maison que quelque chose clochait, tout allait très bien, et de soi pardessus le marché, voilà : tout allait de soi.
Marta pourrait trouver ça louche, tout ce propre, il ne lui restait plus aucun sale.

L'heure avançait, dix minutes encore me séparaient de la rencontre.
Il fallait que je revienne en arrière, l'appartement tel qu'il était faisait penser à un piège.

Je me suis resservi un café et j'ai reposé le bol tel quel, comme ça, paf, dans l'évier, sans verser d'eau dessus, la cuillère dedans que j'ai pris soin de retourner, la queue vers le fond, pour faire plus négligé encore.

Mais ce n'était pas tout, cela ne suffirait pas, il a fallu que je me mette en quatre pour redonner au lieu l'aspect tranquille d'une vie où personne ne fait attention à rien parce que la femme de ménage va venir.

J'ai remis en boule les couettes des enfants.

J'ai vidé leur caisse de jouets en plein milieu de leur chambre.

J'ai émietté du pain dans la cuisine.

J'ai vidé un pot de yaourt sur le carrelage que j'ai épongé en laissant des traces.

J'ai répandu de la confiture sur la toile cirée, par petites touches.

Je n'aurai pas le temps de tout salir, me disais-je en courant d'un coin à l'autre, et je me suis fait l'effet d'une maîtresse de maison qui peaufine les derniers détails dans l'attente des premiers invités, je les voyais dans les films, les maîtresses de maison, parce que nous, nous n'invitions jamais personne.

J'ai pensé à cela, au fait que personne jamais ne venait chez nous.

Je voulais une maison où nous nous suffirions à nous-mêmes, et mon mari avait cela de com-

mun avec moi, il voulait être tranquille, on n'avait pas besoin des autres.
J'ai sorti le bouquet fané de la poubelle pour le remettre dans le vase.
Je ne savais plus quoi faire, j'avais même nettoyé le sol des toilettes malgré ma répugnance à frotter les traces laissées par les garçons, je leur répétais sans arrêt que l'on devenait grand quand on était capable de bien viser dans la cuvette, mais ils se moquaient bien de ce que je disais et continuaient à uriner en pensant à autre chose, je n'allais quand même pas souiller les toilettes pour faire disparaître les traces de mon passage, non, vraiment, je ne savais plus où donner de la tête, j'avais juste envie de la cogner contre les murs, ma tête, parce que je sentais que quelque chose de terrible risquait d'arriver, et j'ignorais ce qu'était cette chose terrible, mais je tremblais, de cela je suis sûre, seule au milieu du salon, il était neuf heures, et Marta allait arriver.
J'ai saisi Dormeur par l'oreille et je l'ai envoyé valdinguer sous le canapé.

Au même moment, Marta tournait la clef dans la serrure en faisant une grimace, sa grimace, je l'ai entendue, elle a juré dans une langue qui m'était inconnue, le polonais, bien sûr.
Marta a marqué un temps d'arrêt en me voyant,

comme si elle était en faute, qu'elle s'était trompée de jour.
Entrez, Marta, n'ayez pas peur, lui ai-je dit comme si j'entrevoyais ses raisons d'avoir peur, je suis un peu malade, je reste à la maison aujourd'hui, mais je me ferai discrète, enfin « discrète » n'est pas le bon mot puisque, finalement, ma présence ici, je me le suis dit tout à l'heure, pourrait nous permettre de nous connaître mieux.
J'avançais dans ma phrase comme sur des patins de feutre, lancée pour faire propre et net dans mes propos, mais ne sachant au fond ni sur quel ton ni dans quel registre je devais m'adresser à celle que je soupçonnais de je ne savais quoi, à qui je voulais donner des choses tout en souhaitant en récupérer d'autres, mais j'avais oublié les détails.
Lui demander des nouvelles de sa mère, mais commencer par l'essentiel : Marta, lui ai-je dit, je voulais vous en parler, et je vous en parle maintenant, sinon, je vais oublier.
Marta n'avait pas encore retiré son manteau, oh ! comme le mien lui irait bien, je me suis mise à espérer très fort qu'elle l'accepte quand je lui ferais part de mon offre, mais chaque chose en son temps.
La toile cirée, oui, celle-ci, il faut la nettoyer avec une éponge d'eau brûlante, enfin, d'eau très chaude, parce que, voyez-vous, la vendeuse

m'a expliqué qu'il ne fallait surtout pas frotter avec du produit, il y a là, ai-je montré en effleurant la table, une substance, enfin, une chose, je vous avoue que je ne connais pas son nom, qui préserve l'aspect ciré de la toile, oui, parce que si la toile n'est plus cirée, elle absorbera toutes les taches de gras, de sauce, de... enfin, vous comprenez ? voilà, je vous l'ai dit, j'avais peur d'oublier.
Il n'y a pas de problème, a répondu Marta.
Et pour la toile cirée, c'est la verte.
La verte ?
Oui, l'éponge verte.
Elle enlevait son manteau très lentement, sans me quitter des yeux, et j'ai soupçonné qu'elle puisse avoir peur de quelque chose, de moi, je lisais dans son regard de la crainte, ou peut-être pas, peut-être enlevait-elle son manteau à une vitesse normale, et que la lenteur du geste n'existait tout simplement pas.
Ou que la lenteur du geste lui appartenait en toute occasion, je ne savais plus.
Finalement, nous ne sommes pas pressées, me suis-je dit, nous avons trois longues heures devant nous.
Votre maman est malade ?
Oh, oui, un peu, a répondu Marta, mais ce n'est pas grave, c'est du cholestérol, je crois.
Votre maman se nourrit trop bien ! ai-je aussitôt regretté d'avoir dit, je n'ignorais pas le rictus

méprisant qu'une telle supposition faisait naître sur mon visage.
Oui, sûrement, a souri Marta, qui n'avait pas perçu à quel point j'avais en horreur ceux qui se nourrissent trop bien.

Voulez-vous un café, Marta ?
Je veux bien, oui, je vais...
Il est fait, l'ai-je coupée brutalement, c'est vrai, cette façon qu'elle avait de vouloir tout entreprendre à ma place, je savais encore faire le café ! Calme-toi, me raisonnais-je, bousculée par la rage qui venait de me submerger, Marta n'y est pour rien, elle veut te montrer qu'elle est là, qu'elle peut se rendre utile, calme-toi, me répétais-je, parce que, oui, j'étais nerveuse, je sentais avancer cette chose terrible qui palpitait sous ma paupière et qui me faisait me frotter le pouce contre l'index au point de me brûler les doigts.
Je vais sortir les tasses.
Je vais le faire, ai-je dit en me dirigeant vers le placard, mon cœur battait, je ne reconnaissais pas ma voix, j'avais peur, je voulais Jules, Émile, Marta ma fille et mon mari près de moi, je voulais une maison remplie, j'avais besoin des bruits de ma famille, ma famille me manquait, j'ai eu l'impression un instant que je l'avais imaginée, qu'elle n'existait pas, qu'elle n'avait jamais existé.
J'ai sorti les deux tasses vertes forme et couleur bistrot, apporté le sucrier et la cafetière, j'étais

décidée dans mes gestes : ils ne laissaient pas à Marta la possibilité de m'aider.
Je l'ai priée de s'asseoir.
Marta, lui ai-je demandé, est-ce que tout va bien pour vous, je veux dire ici, dans cette maison, est-ce qu'il y a quelque chose qui vous dérange, que vous n'osez pas me dire mais qui vous faciliterait la vie ?
Il faut racheter du Cif, a répondu Marta, j'ai oublié de vous le dire, mais puisque vous me le demandez, il va en manquer bientôt, et aussi de l'eau de Javel, il n'en reste presque plus.
Vous aurez du Cif, Marta, et de l'eau de Javel, lui ai-je dit en balayant de la main ces questions de produits, que voulait-elle encore ? qu'on en finisse.
Rien d'autre, non, à part ces deux choses, je crois que tout va bien.
Marta s'est levée, elle venait de finir son café, et moi aussi, je l'avais bu d'une traite, elle a pris les tasses avant que j'aie eu le temps de réagir et les a portées dans l'évier.
Je laverai les tasses, laissez !
Ses épaules ont bougé comme sous une décharge électrique, ma voix était autoritaire, et Marta s'est retournée vers moi, désolée, mais non, elle allait le faire, elle ouvrait le robinet.
Que je le veuille ou non.
Marta, je suis obligée de vous laisser pour aller faire une course, mais je vais revenir.

Avez-vous besoin que j'aille vous chercher quelque chose ? a proposé Marta.
Non, commencez votre travail, je vais revenir, et dans ma façon de répéter « je vais revenir » planait une menace.

8

J'ai poussé un soupir de soulagement en entrant dans le bar-tabac, je me sentais enfin seule, loin de tout, chez moi.

Je me suis installée près de ma colonne et mon café-verre d'eau est arrivé sans que je fasse un geste.

Elle est partie voir les grands ours au Canada, disait le serveur, mais l'année dernière, elle était aux Antilles, et là, elle repart au mois de juin au Kenya dans une réserve, elle fait le tour du monde, ma sœur, avec AGF, ils ont un super comité d'entreprise, elle voyage, des trucs incroyables.

Ce n'est pas à moi qu'il parle, mais à son collègue.

Je fixe le serveur au collier de barbe pour qu'il attrape mon regard, qu'il me fasse participer, mais il parle la tête prise par ses choses : ses sucres à redistribuer dans les boules à sucres, son chiffon à passer sur le comptoir, ses verres à essuyer, il ne s'arrête pas pour raconter sa sœur et ses voyages, sa sœur et ses voyages le suivent dans tous ses gestes.

Je restais appuyée contre ma colonne et buvais mon café à petites gorgées, une petite gorgée de café, une petite gorgée d'eau pour chasser l'amertume, c'est ainsi que j'aime boire mon café, et j'étais bien.
Je voulais encore entendre le serveur parler des avantages dont sa sœur bénéficiait à AGF et je cherchais une façon de m'introduire, le Canada par exemple, je venais de voir un reportage sur Toronto, mais le Canada était déjà loin. J'avais beau réfléchir, je ne trouvais pas, et je ne pouvais pas en rester là, je devais dire quelque chose, quelque chose de doux, n'importe quoi, mais vite.
C'est beau de faire des voyages, ça ouvre sur le monde, me suis-je risquée.
Oui, c'est beau, a dit le serveur sans me regarder, j'étais une voix de son bar, une voix qui ne venait rien déranger, une consommatrice, une habituée, certes, et c'était ce que je voulais être plus que tout, mais finalement, ce statut d'habituée ne me convenait peut-être pas si bien que ça.
J'aurais voulu être plus, une privilégiée.

J'ai pensé à Marta, la femme de ménage, était-elle une habituée quelque part, avait-elle un lieu de prédilection, un endroit où elle était reconnue, appréciée, aimée ? j'imaginais que sa famille était grande, des parents, des sœurs, des frères, des oncles, des tantes, des grands-parents, tous en vie, les joues colorées par des années de betteraves rouges.

Marta pourtant était pâle, comme moi, un teint de ville, une taille de fille qui ne mange pas beaucoup, comme moi, nous avions, je l'ai dit, à peu près la même allure, il ne fallait pas que j'oublie de lui parler du manteau, et de tant d'autres choses encore.

Que faisait-elle à cette heure ? il me semblait que ma maison entière la sommait de partir et de ne plus jamais revenir, que ma maison la maudissait, mais moi, non, je ne la maudissais pas, je l'aimais au contraire, au point de vouloir lui donner un manteau et un fauteuil, oui, le fauteuil, je m'en souvenais maintenant.

Je devais lui accorder une chance, lui expliquer clairement ce que j'exigeais d'elle, surtout ne pas me laisser piéger par ce don qu'elle avait de m'émouvoir.

Il fallait, voilà, que je sois ferme, et d'ailleurs, je décollais instinctivement mon dos de la colonne, je ne m'appuierais désormais plus contre rien, je me tiendrais droite, sûre de moi, Sois sûre de toi, me disait Marta, ma grand-mère.

Maintenant que je me tenais droite et que j'étais sûre de moi, il fallait que je profite de cet avantage pour affronter Marta, chez moi, dans ma maison qui, j'en ai eu conscience évidemment, n'avait pas le pouvoir de la maudire, si quelque chose ou quelqu'un devait maudire Marta, ce serait moi, me suis-je dit en ouvrant mon sac pour saisir mon porte-monnaie.

J'ai eu envie de laisser un pourboire, mais je me suis fait la réflexion suivante, Si tu laisses un pourboire aujourd'hui, que pensera le serveur demain si tu ne lui en laisses pas, et tu n'as pas les moyens de laisser un pourboire tous les jours, ce geste exceptionnel que tu t'apprêtes à faire risque de créer un malentendu entre vous, à moins que tu ne lui laisses une vraie somme, oui, je vais donner un pourboire conséquent, juste cette fois, pour qu'il comprenne que c'est une fois unique.

J'ai sorti un billet de cinq euros, une demi-heure de Marta dans toutes les positions, et j'ai quitté le bar en marmonnant un au revoir fuyant, mais je fuyais de fait, et avant que j'aie atteint la porte, j'ai entendu : Hé, madame, vous avez oublié votre monnaie !

Je suis revenue sur mes pas, honteuse, je n'oserais pas aller jusqu'au bout de ma générosité, d'autant que, je le savais, cet acte n'avait rien de généreux, c'était une lâcheté au contraire, et en remerciant le serveur de m'avoir rappelée

pour que je prenne ma monnaie, j'étais lâche deux fois.
Moi, je veux bien que vous me laissiez tout ça, je ne suis pas contre, j'arrondirai mes fins de mois, a dit le serveur en me décochant un regard, enfin ! tout en vissant la manette dans le percolateur.
J'ai prié pour trouver un euro dix dans mon porte-monnaie, je les avais ! j'ai repris mon billet et l'ai jeté dans le fond de mon sac, il ne fallait pas que je m'attarde avec ce billet dans les mains, que je me donne la peine de le plier et de le ranger, d'ailleurs, j'allais m'en débarrasser au plus vite, c'est ça, je le jetterai dans le caniveau en sortant d'ici, me suis-je dit, oui, pour me punir d'être lâche, une demi-heure de Marta dans le caniveau, c'était une idée extraordinaire.
Isabelle avait des idées extraordinaires : un jour, elle avait jeté un poulet rôti par la fenêtre.
Une autre fois, elle avait vidé une bouteille de lait sur la tête d'un chien attaché à l'entrée de la charcuterie en bas de chez nous.
Cela la faisait beaucoup rire, moi, je finissais en pleurs.

Hé ! m'a lancé le serveur quand je me dirigeais vers la sortie, vous avez oublié quelque chose !
Je suis revenue sur mes pas, inquiète, je n'oublie

jamais rien, je vérifie toujours que je ne laisse pas de traces de moi quand je quitte un lieu.
Que rien ne traîne, rends-toi transparente, me chuchote Isabelle à l'oreille.
C'est votre tête, là ! a dit le serveur en désignant le comptoir à côté de ma tasse sale.
Et j'ai vu ma tête, posée sur le comptoir, je devais être fatiguée, les cernes étaient plus noirs que de coutume et je remarquais des rides autour de la bouche que je n'avais pas encore repérées, oh ! la vision a duré une fraction de seconde, mais je l'ai vue, ma tête.
Je ne comprenais plus rien, je regardais le serveur et il m'a dit que j'en faisais une tête, oublier sa tête, oui, il plaisantait ! est-ce que je voulais m'asseoir ? j'étais toute blanche.
Non merci, j'allais bien, l'ai-je rassuré.
Y a des matins comme ça, ça arrive à tout le monde, a-t-il dit en riant.
J'ai voulu rire, moi aussi.
Puis, il a posé ses yeux sur moi comme s'il se demandait soudain qui j'étais, je devais me rendre à l'évidence, il ne voulait pas que je devienne une habituée, il n'y avait pas de place pour moi dans son univers, je ne reviendrais pas boire mon café ici.

J'ai quitté le lieu en l'embrassant du regard, je disais au revoir aux tulipes sales des lustres, à la bouteille de marc dont l'étiquette m'avait toujours intriguée, on y voyait le pied fin d'une femme et je m'étais demandé en quoi ce pied devait susciter l'envie de boire du marc, je disais au revoir à ma chère colonne tapissée de papier peint à motifs incrustés, épais et mou pour éviter les chocs, au flipper « Arghhhh ! » qui parfois s'animait malgré l'heure matinale, j'ai dit au revoir au serveur, il m'a répondu Bonne journée en tirant une bière pour un livreur qui venait d'apporter les stocks de boissons, le sol allait s'ouvrir et engloutir des dizaines de bouteilles.

J'étais dans la rue, épuisée et seule.
Je ne serais chez moi nulle part, c'est ce que je me disais en marchant vers ma maison, j'ai dû faire un effort pour retrouver les traits du visage de mon mari, et de ma fille aussi, j'ai encore eu ce sentiment, un court instant, que je les avais inventés, qu'ils n'avaient jamais existé, et ma maison non plus n'existait pas.
J'ai repensé au billet de cinq euros, l'ai cherché au fond de mon sac, l'ai jeté dans le caniveau, comme je me l'étais promis.
Son rire a résonné, ce n'était pas rare qu'Isabelle me prenne par surprise aux oreilles, j'y étais habituée, je ne me révoltais plus.
Qu'est-ce que j'aurais donné pour changer d'oreilles !
Tu peux rire, Isabelle, tu peux rire.

Je devais me dépêcher maintenant, j'avais promis à Marta d'être de retour rapidement.
Je suis revenue sur mes pas pour ramasser le billet de cinq euros, heureusement, le caniveau était sec et mon billet intact, je n'étais pas folle, quand même.

9

Mon regard a tout de suite été attiré par la soucoupe destinée à recevoir la cire d'une vieille bougie que nous allumions parfois pour faire plaisir aux enfants, Éteignez les lumières ! hurle Émile, excité par l'événement, et on joue avec les ombres, on doit ensuite fermer les yeux et faire un vœu avant de souffler la bougie pour se retrouver dans le noir, On ne rallume pas, on ne rallume pas ! supplient les enfants, que la situation amuse énormément, et leurs soupirs de déception quand la lumière revient me rendent triste, je revoyais toutes ces scènes en découvrant la soucoupe, j'étais nostalgique de ces moments comme s'ils ne devaient jamais se reproduire.

La soucoupe, donc, noire et poussiéreuse d'ordinaire, brillait de mille feux, mais peut-on dire cela d'une soucoupe ?
Marta avait dû la racler et la nettoyer longtemps pour qu'elle retrouve sa blancheur.

La bougie, elle aussi, était comme neuve, et c'est cela qui m'a mis la puce à l'oreille : on ne nettoie pas une bougie en bout de course, c'est insensé de nettoyer une bougie, parce que, oui, en m'approchant plus près, je me suis rendu compte que Marta l'avait grattée avec un épluche-légumes, de façon appliquée et régulière.
Où était Marta ?
Je ne l'entendais pas, je veux dire qu'aucun bruit ne provenait de l'appartement, j'ai été saisie d'une sorte d'inquiétude, il fallait tout de suite que je lui demande des explications concernant la bougie, la soucoupe, très bien, c'était une excellente idée de la nettoyer, mais la bougie, non, je ne comprenais pas.
Marta !
Le silence a fait écho à mon appel, elle se cachait, voici ce que j'en ai conclu, et je n'osais m'engager dans le long couloir de peur qu'elle ne me saute dessus pour m'effrayer, ce serait pour rire, bien sûr, mais comment Marta pouvait-elle s'imaginer que nous étions dans un jeu, elle et moi, cela dépassait l'entendement.
Je suis entrée dans mon bureau et m'y suis enfermée.
Je devais réfléchir à ma situation.

Le bruit de l'aspirateur m'a fait revenir à la raison ; ma situation n'était pas si mauvaise que ça, Marta ne se cachait plus, elle refaisait surface avec un appareil ménager familier, me montrant ainsi que toute chose regagnait sa place, que j'avais eu tort de m'inquiéter, que je pouvais sortir de ma tanière, elle ne me ferait aucun mal.

J'ai ouvert la porte de mon bureau et me suis risquée jusque dans le couloir où Marta officiait, elle me tournait le dos, son jogging bleu passé pochait aux fesses et ses chaussons bâillaient au talon, des mèches de cheveux s'échappaient de la pince crabe, son apparence me répugnait, Isabelle, les lendemains d'alcool, traînait toute la journée avec cette allure-là.

J'ai fait rapidement demi-tour et j'ai rejoint mon bureau, heureuse d'avoir échappé à son regard qui m'aurait obligée à lui dire quelque chose, et tout cela se goupillait merveilleusement bien puisque, justement, je n'aurais pas su par quoi commencer, il fallait que je me prépare à cette rencontre que j'avais voulue, souhaitée par-dessus tout, dans l'espoir, peut-être, d'obtenir une sorte de paix, cette paix qui m'avait quittée depuis que Marta travaillait chez nous. J'élaborais mes priorités.

1) Lui parler de la tache sur la moquette.
2) Faire en sorte qu'elle accepte le manteau à col de fausse fourrure.

3) Évoquer Grincheux (sujet qui me tenait à cœur).
4) Lui imposer mon fauteuil.
5) L'interroger sur sa famille.
6) L'entretenir sur le ménage en général et sur ce que j'attendais d'elle en particulier.
7) Et oui, la bougie.

L'aspirateur se rapprochait, Marta aspirait du vide puisque toutes les poussières, je les avais traquées la veille et le matin encore, mais qu'importait à Marta ce qu'elle absorbait, et pouvais-je lui en vouloir de ne pas se rendre compte qu'elle ne servait à rien ?
J'ai passé le doigt sur le globe en acier de ma lampe de bureau pour vérifier mon travail et me suis félicitée de l'avoir accompli si bien, l'index levé était aussi propre qu'avant le geste.
Je ne savais plus où poser mon regard, tellement chaque objet était à sa place, dégagé de toute scorie, et j'ai fermé les yeux d'instinct, de peur de surprendre ce qui aurait échappé à ma vigilance, ce n'était pas le moment de me laisser déstabiliser par une erreur que j'aurais commise dans l'agencement de mes petites affaires.
En rouvrant les yeux, quelque chose a gêné mon regard et j'ai déplacé la baleine porte-photos d'un centimètre sur la gauche pour que l'espace entre chaque objet soit mieux respecté, pour une raison d'équilibre, en somme.

Il faut laver laver laver laver, ne penser à rien d'autre, Marta, nettoyer, ne pas en laisser une miette, tout effacer, toute trace est une désolation, la preuve que quelque chose a été souillé, je comprends bien que l'on ne puisse pas arriver à bout de tant de saleté, mais il faut essayer, et je préfère que vous passiez une heure à tenter de faire disparaître une tache plutôt que de faire un ménage général, allais-je expliquer à Marta.
Les coins, voyez-vous, sont importants, c'est là que vient se nicher tout ce qui peut échapper à notre vigilance, on croit en avoir terminé, et non, ce n'est pas fini, les restes se tapissent dans les angles, et si l'on ne les déloge pas immédiatement, ils s'accumulent, grossissent, prennent racine, font masse, nous sautent aux yeux, vous entendez, Marta ? l'essentiel se trouve dans les coins.
Et les éponges, il faut que je vous parle des éponges.
Je sais, vous allez me dire que les éponges, ça vous connaît, et d'une certaine façon, je vous crois volontiers, mais ce que je veux vous expliquer, c'est le fonctionnement de l'éponge.
L'éponge, vous ne me direz pas le contraire, est nécessaire dans une maison, facile d'emploi, sa capacité d'absorption est grande, ce qui lui permet de nettoyer des surfaces coriaces, puisque, petit à petit, à force de repasser au même en-

droit, les saletés s'y engouffrent, avec douceur pourrait-on dire.

Parce que, oui, l'éponge est douce, tendre et molle.

Ce que je veux que vous reteniez des éponges, c'est ceci : les éponges absorbent autant que possible, ce sont des nids à microbes, des sacs à poussière, des ramassis de pourriture, des condensés d'ordures, et, voyez-vous, les éponges avec toutes leurs petites ignominies accumulées reposent généralement sur la paillasse en compagnie du savon, mais aussi du pain, des biscottes, du sucre, et les enfants se font joyeusement un goûter en rentrant de l'école, allant jusqu'à toucher l'éponge après s'être lavé les mains, ensuite, ils coupent le pain, et... enfin, c'est pour cette raison qu'ici les éponges reposent sur ces égouttoirs spéciaux, à chaque éponge son égouttoir, je vous en ai parlé la première fois que nous nous sommes vues, et j'insiste : l'éponge, il faut la nettoyer dès que vous vous en servez, il faut la passer à l'eau de Javel, l'entretenir dans un état de propreté exceptionnelle, vous comprenez, Marta, avant tout, dans une maison, c'est sur les éponges qu'il faut vous concentrer.

Et puis, Marta, les miroirs, vous me les laisserez, ça ne m'ennuie pas de nettoyer les miroirs, ça me procure même un certain plaisir, mais je ne devrais pas avoir à vous confier cela, je vous demande expressément de cesser de faire les

miroirs, en échange, je suis prête à vous concéder quelques vitres, oui, vous pourriez faire les carreaux d'une pièce tous les deux mois, cela me paraît un bon rythme.
Maintenant, passons aux choses que j'aimerais que vous acceptiez de moi, nous parlerons de Grincheux plus tard.

J'étais prête à affronter Marta.
L'aspirateur s'était tu, et j'entendais maintenant le bruit du robinet dans la cuisine, signe de vaisselle, mais tout était lavé, quelle vaisselle imaginaire Marta était-elle donc en train d'accomplir ?
Je suis sortie de mon bureau précipitamment pour surprendre Marta.
Elle était en train de tordre une serpillière dans l'évier et s'apprêtait à laver le sol, un seau rempli d'eau et de produit, les cheveux relevés, les gants Mappa aux mains, une femme de ménage.
Il faudra racheter du St Marc, j'ai oublié de vous le dire tout à l'heure, excusez-moi, a dit Marta en tournant la tête vers moi.
Oui, bien sûr, il faudra que je pense à en racheter, du St Marc, oui, évidemment, ai-je répondu tout en me concentrant sur le premier point à aborder avec elle, mais mon esprit était confus, et toutes mes perspectives s'effondraient devant Marta qui continuait à tordre la serpillière jusqu'à lui faire mal, et nous étions là, toutes les

deux inutiles dans un grand appartement qui n'avait pas besoin de nous, gênées d'être ainsi réunies dans l'inactivité, ne sachant que faire de nos corps, nous évitant maintenant du regard comme si l'une pouvait attaquer l'autre, et la menace planait, longue, interminable.

Auriez-vous aperçu, Marta, me suis-je lancée, un petit personnage que j'ai cherché partout, un nain de Blanche-Neige, Grincheux pour être précise, celui qui n'est jamais content, vous savez ?
Oui ! et son visage s'éclaire à l'évocation de Grincheux, je connais très bien ce nain, a dit Marta, et, en rougissant légèrement : C'est celui qui me faisait si peur quand j'étais petite... mais, non, je ne l'ai pas vu, a-t-elle ajouté en changeant de ton, comprenant soudain que je pouvais l'accuser de l'avoir fait disparaître.
Qu'avez-vous fait de Grincheux, Marta ?
Mais, madame, je vous dis que je ne l'ai pas vu !
Vous êtes sûre de n'avoir pas touché à ce nain, Marta ?
Je ne comprends pas, a dit Marta, qui avait lâché sa serpillière dans l'évier et retiré ses gants.
Marta, venez avec moi, et je l'ai entraînée dans la chambre, devant la tache.
Que fait cette tache ici, Marta ? n'ayez pas peur de répondre, nous pouvons tous faire des erreurs, ce n'est pas grave, ce qui est grave, en revanche, c'est de rester dans l'ignorance des

choses, et voyez-vous, cette tache, je la regarde tous les matins et tous les soirs en me demandant comment elle a pu apparaître à cet endroit, juste sous mes pieds, sans que j'aie la moindre idée de son origine, et l'origine, vous comprenez, l'origine, c'est extrêmement important, voyez-vous.

La tache, elle était là dès le début, s'est défendue Marta, je l'avais remarquée, j'ai même essayé de la faire partir avec du produit, mais peut-être qu'en frottant je l'ai agrandie, sans faire exprès, oui, c'est peut-être moi qui l'ai rendue plus visible, je suis désolée, a dit Marta.

Marta avouait, je ne m'y étais pas préparée, sûre qu'après avoir nié sa responsabilité dans l'affaire du nain elle persisterait dans son déni pour toute chose.

J'étais à la fois soulagée et ennuyée, mais nous avions déjà abordé deux points cruciaux, nous progressions.

Je profitai de notre présence dans la chambre pour désigner le fauteuil, je voulais que les choses se règlent rapidement.

Marta, ce fauteuil, lui ai-je demandé, est-il à votre goût ?

Je n'ai pas très bien compris, vous pouvez répéter ?

Je vous demande, Marta, si ce fauteuil vous plaît, et si oui, cela me ferait plaisir de vous l'offrir, car, voyez-vous, dans cette chambre, il prend

beaucoup de place et je ne m'y assois jamais, je n'aime pas m'asseoir dans les fauteuils, et j'ai pensé que vous, vous aimeriez vous y asseoir, que vous aimeriez le posséder, est-ce que je n'ai pas raison ?
Marta m'a regardée et il m'a semblé voir passer dans son regard un éclair de panique, il était évident que ma question l'avait mise mal à l'aise et qu'elle cherchait comment me répondre que oui, ce fauteuil l'intéressait, sans pour autant me donner raison.
Je n'ai pas la place de mettre un fauteuil chez moi, a dit Marta, et son être entier s'excusait de me faire cette confidence, elle ne voulait pas m'embêter avec ses histoires.
Le manteau, vite, vite !
J'ai ouvert la penderie dans laquelle se trouvait le manteau noir avec le col en fourrure, j'ai retiré le vêtement de son cintre, et, sans dire un mot, je l'ai posé sur le lit.
Et ce manteau, Marta, est-ce que ce manteau vous plaît ?
Vous voulez aussi me le donner, madame ?
Je suis sûre qu'il vous ira très bien, voulez-vous l'essayer ?
Oh non, a dit Marta avec un petit sourire, il est trop... enfin, il est trop...
Il est trop quoi ? l'ai-je interrogée avec impatience, parce que j'ai su à cet instant que Marta n'accepterait rien de moi, j'avais passé mon

temps à l'aimer ou à la détester et je me rendais compte que, pour elle, je n'étais rien.
Isabelle avait raison, il ne faut jamais laisser les gens entrer dans votre maison.
Une colère m'a envahie, une colère sourde et violente que je ne reconnaissais pas.
Il était désormais inutile que j'aborde les points n° 5, n° 6 et n° 7, Marta se passerait de mes conseils ménagers, elle pouvait bien utiliser les éponges comme elle l'entendait puisqu'elle n'aurait plus jamais accès aux miennes.
Et peu m'importait finalement de savoir si ses grands-parents avaient connu mon grand-père, je m'étais passée jusqu'ici de connaître les détails.
Quant à la bougie, je voulais bien que cela reste un mystère, de toute façon aucune explication ne me satisferait.
Je compris en une fraction de seconde que Marta ne pouvait demeurer dans ma maison plus longtemps ; depuis que je l'avais engagée, le désordre gagnait.
J'allais renvoyer Marta.
J'en avais le souffle coupé.
Devant cette situation inattendue, je devais improviser une explication, vite, je n'avais pas le temps de préparer des arguments, il fallait qu'elle me rende les clefs sur-le-champ, les clefs, voilà ce qui était important, elle pourrait repartir avec, et là, j'étais perdue.

Marta a dit : Il ne m'irait pas, votre manteau, le noir ne me va pas très bien, et puis, la fourrure, là, autour du cou, elle fait trop vraie, je serais gênée de la porter, mais merci, merci beaucoup, madame, de tout ce que vous voulez faire pour moi, et moi, pour vous, j'ai nettoyé la bougie, je l'ai épluchée avec soin pour qu'elle semble neuve, c'est une coutume très ancienne dans ma ville natale, à Lublin, vous vous souvenez ? vous avez une amie qui a sa famille qui vivait là-bas.
Je m'en souvenais, oui.
À Lublin, continuait Marta, pour que la flamme soit pure, il faut que la peau de la bougie soit neuve, et si cette chose est respectée, la personne qui voit le feu brûler va connaître le bonheur pour longtemps, et aussi sa famille.
Les mensonges de Marta me parvenaient de très loin, ses mots m'effrayaient, je devais la faire partir, tout de suite, récupérer mes clefs.
Au fait, tenez, j'ai trouvé tout à l'heure votre bague quand j'ai nettoyé le fauteuil, elle était coincée entre le bras et le coussin, c'est une très belle bague, vous devriez faire attention.
Mais ne vous inquiétez pas, quand vous verrez la flamme de votre bougie, ces choses-là n'arriveront plus.
Moi, vous voyez, j'ai nettoyé la bougie pour que vous soyez heureuse.

DU MÊME AUTEUR

Aux Éditions Gallimard

RUE JEAN-DOLENT, 2000

TU ME TROUVES COMMENT ?, 2001

J'AI RENVOYÉ MARTA, 2005 (Folio n° 4529)

Chez d'autres éditeurs

LE CONTRETEMPS, *Le Serpent à Plumes,* 1999 (Motifs n° 84)

JANUS, *Éditions à Hélice,* 1993

Composition Graphic Hainaut.
Impression Maury
45330 Malesherbes
le 28 mai 2007.
Dépôt légal : mai 2007
1er dépôt légal dans la collection : mars 2007.
Numéro d'imprimeur : 129506.
ISBN 978-2-07-034291-4. / Imprimé en France.

153519